넘어져도
상처만 남진 않았다

넘어져도 상처만 남진 않았다

1판 1쇄 인쇄 2020. 2. 24.
1판 1쇄 발행 2020. 3. 6.

지은이 김성원

발행인 고세규
편집 길은수 디자인 조은아 마케팅 신일희 홍보 한수련
발행처 김영사
등록 1979년 5월 17일 (제406-2003-036호)
주소 경기도 파주시 문발로 197(문발동) 우편번호 10881
전화 마케팅부 031)955-3100, 편집부 031)955-3200 | 팩스 031)955-3111

값은 뒤표지에 있습니다.
ISBN 978-89-349-8888-5 03810

홈페이지 www.gimmyoung.com 카페 cafe.naver.com/gybook
페이스북 facebook.com/gybooks 이메일 bestbook@gimmyoung.com

좋은 독자가 좋은 책을 만듭니다.
김영사는 독자 여러분의 의견에 항상 귀 기울이고 있습니다.

이 도서의 국립중앙도서관 출판시도서목록(CIP)은 서지정보유통지원시스템 홈페이지
(http://seoji.nl.go.kr)와 국가자료공동목록시스템(http://www.nl.go.kr/kolisnet)에서
이용하실 수 있습니다.(CIP제어번호 : CIP2020006743)

김성원 에세이

넘어져도

상처만 남진 않았다

김영사

십 년 전의 내 자신을 만난다면 이 말을 꼭 해주고 싶다.

"정말 끝이란 것이 있어. 내 말을 믿어봐.
이 상태로 네가 소멸하지 않아.
너는 더 행복해지고 더 기쁘게 살게 돼.
내 말을 믿어줘. 더 이상 울지 않게 될 거야."

내게 사랑과 예술을 가르쳐주셨던,
지금은 영원 속에 계신 부모님
그리고 무지개다리 너머에서 다시 만날 날을 기다리는,
사랑하는 강아지 아담이에게
이 책을 보냅니다.

내가 보았던 빗물은 눈물이었을까?

──────────── '내가 보았던 빗물은 누군가의 눈물이었을까?'라고 생각하던 시절이 있다. 어린 시절부터 다른 사람의 아픔에 민감했던 탓에, 왜 이 세상에 고통이 존재하는지 의문을 품은 적이 많았다. 그런 질문을 떠올리는 것 자체가 고통스럽기도 했다. 아무도 대답해주지 않는 질문을 마음에 품는 순간, 세상은 나로부터 조금 멀어진다. 비밀을 간직한 자는 늘 이방인이 된다.

어린 시절부터 남들은 나와 다르게 생각한다고 느꼈다. 타인이 항상 낯설게 느껴졌기 때문에 세상을 관찰했다. 타인을 이해하기 위해 내면에 집중했다. 어느 정도 타고난 습성이었다. 초등학생 때는 '어떻게 다른 사람들은 자신을 **나**라고 인지할까?'라는 질문에 사로잡혔다. 나를 나로 인식하는 것처럼 다른 사람들도 같은 생각을 한다는 사실이 견딜 수 없을 정도로 신기했다. 사춘기부터는 종교적인 주제에 마음이 끌렸다. 예를 들면 '인간이 다른 인간을 구원할 수 있을까?'라든가. 그때는 특정 종교를 믿지 않았는데도 종교적인 주제들을 고민했다. 그리고 이십 대 초반에는 어려운 상황에 처해 있었기 때문에 '나는 다른 사람들에게 감정이입을 잘해서 그들을 이해하는데, 그 결과 혼자 손해 보는 느낌이 왜 드는 걸까?'라는 생각을 많이 했었다. 사회생활은 소란스러웠다. 나와 공통점이 적은 사람들 속에 살면서 마음의 문을 점점 닫아버렸다. 사람들에게 화가 나도 꾹꾹 눌러 참다보니 나를 사랑할 수 없는 상태가 되었다. 나 자신을 사랑하지 못하여 방랑자가 되었다.

다시 나를 사랑하기 위해 여행을 시작했다. 멋진 슈트케이스를 들고 비행기를 타는 여행이 아니었다. 나는 내면으로 여행을 떠났고, 다른 이들의 마음속으로 여행을 떠났다. 내가 존재하는 방식에 의문을 품자 여행이 시작되었다. 여행은 굿바이 인사를 할 때 시작된다. 현재의 나는 떠나려 하고 미래의 나는 오지 않았을 때 여행이 시작된다. 그래서 여행은 '나'의 부재이다.

'삶은 여행'이라고들 말한다. 내가 이번 생에 선택한 여행은 어릴 때부터 사로잡혔던 질문에 대한 답을 구하는 여행이고, 가장 두려워하는 것들이 내가 선택한 여행지 곳곳에 숨어 있다. 그러니 결코 안락할 수 없다. 때로는 험한 산을 넘어야 했고 폭풍우 치는 들판에 홀로 서 있기도 했다. 마차는 떠나버렸고 기차는 오지 않았다. 물살이 거센 강을 건너다 휩쓸려버릴 때도 있었다.

하지만 가치 있는 여행이다. 잊을 수 없는 순간도 있다. 이 책을 쓰기 시작할 무렵, 온라인에서 익명 계정으로 이십 대 여성과 친분을 쌓아갔다. 혼자 산다는 그 여성은 익명의 나에게 마음 아픈 과거 이야기를 들려주었다. 그러던 어느 날, 그가 온라인에 극단적인 선택을 암시하는 글을 남겨놓고 사라져버렸다. 그의 실명도 모르고 연락처도 모르고 가족이나 지인을 아무도 몰랐기 때문에 쪽지로 안부를 묻는 것 외에는 할 수 있는 일이 없었다. 하루 종일 마음이 너무 아프고 걱정되어 기도했다. 그날 밤 글을 쓰기 시작했다. 내가 할 수 있는 일은, 언젠가 그에게 닿기를 바라면서 희망의 글을 쓰는 것이라고 생각했다. 그렇게 이 책이 시작되었다. 감사하게도 그는 며칠 뒤 온라인으로 건강하게 퇴원했다는 소식을 전해왔다. 그리고 몇 달 뒤에는 좋은 직장에 들어가 좋은 사람들을 만났다며 행복해졌다는 쪽지를 보내왔다. 얼마나 기쁘던지!

그는 지금도 그때 그를 걱정하여 쪽지를 보냈던 사람이 나라는 것을 알지 못한다. 만일 그가 내 책을 읽게 된다면 이렇게 말해주고 싶다. '지금 당신의 여행길이 험난하더라도 언젠가는 그 길의 의미를 발견하고 반드시 기뻐하게 될 거예요'라고.

이 책을 읽는 당신이 어떤 길 위에 있는지 알지 못한다. 당신이 평화로운 들판을 걸을 때, 아름다운 해변을 걸을 때, 험한 고개를 오를 때, 폭풍우 속에서 길을 잃고 헤맬 때, 길을 가는 것이 조금도 기쁘지 않을 때에도 늘 용기 있는 선택을 하기 바란다. 누군가는 당신을 걱정하고 있으니까. 누군가는 지친 당신을 위해 글을 쓰고 있을지도 모른다.

'나는 어디에 있는 걸까?'
질문이 시작되면 여행이 시작된다.

차례

관계 속에서
허덕일 때

2 서서히 일어나
미소를 지었다

3 내가
   사랑하는 것들

4 책과 라디오와 글쓰기

1

관계 속에서
허덕일 때

"나는 스파이다.
미워하지 않는 것이 임무다."

──────────── '혹시 내가 스파이 아닐까?' 하고 생각한 적이 있다. 내가 속한 집단 속 사람들의 일반적인 관점과 다른 관점으로 세상을 바라본 적이 많았다. 대학교 2학년 무렵부터 주변 사람들이 이야기하는 것을 들으며 '이번에도 나와 다르군' 하고 생각했다. 그렇다고 나를 이 세상으로 보낸 스파이연합회 회장으로부터 소속집단을 파괴하라는 명령을 받은 적은 없었다. 그저 평화주의자로 태어나 조용히 살아갈 뿐이었다.

스파이로 그럭저럭 살고 있는데, 이상한 임무가 주어졌다. 어떤 일이 있어도 남을 미워하지 않아야 한다는 정말 어려운 임무였다. 당시 나에게 남아 있던 인류애는 소멸 직전이어서 거의 모든 사람을 미워하고 있었다. 그래서 남을 미워하지 않으려면 어떻게 해야 할지 연구하기 시작했다.

후배 라디오작가인 미라는 새로 들어온 후배 작가 A 때문에 괴로웠다. 수영장에서 수영하려는 순간 물 위에 송충이가 둥둥 떠 있는 모습을 볼 때의 심정과 비슷했다. 밤에 넷플릭스를 보다가도 갑자기 A가 생각나면 화가 나서 속이 부글부글 끓곤 했다. 그래서 한번은 '저런 애들 때문에 마음고생하느니 다 때려치우고 맞선이나 볼까?' 하는 생각까지 했다. 하지만 냉장고에서 크림빵을 꺼내 먹자 마음이 편해져서 어머니께 맞선을 수락하는 메시지는 보내지 않았다. 빵은 늘 옳다.

미라는 성실한 사람을 좋아하고 자신도 성실하려고 애쓰는데 A는 일을 늘 대강 해치웠다. 미라가 지적하면 싫은 기색을 노골적으로 드러냈다. 아무리 지적을 해도 A는 일을 제대로 하지 않았고 일하는 속도도 느렸다.

어느 날 미라는 A가 자신에 대해 험담하고 다닌다는 이야기를 들었다. 게다가 피디나 다른 스태프들은 A를 다 착하다고 했다. A에게는 사람들이 듣고 싶어하는 말을 골라서 하는 능력이 있었다. 미라는 다른 사람들에게는 아부하고 비위를 맞추면서도 자신만 무시하는 A를 도저히 이해할 수 없었다. 급기야 미라는 그 후배가 자신을 만만하게 본다고 생각하게 되었고, 어릴 적 친구들에게 왕따를 당했을 때의 느낌이 같이 떠올라서 머리끝까지 화가 치밀어 올랐다.

나는 이야기를 듣다가 미라에게 물었다. "A에게 화를 내

본 적 있어?" 미라는 자신이 화를 내면 A는 "알았어요, 언니, 내가 잘못했어요. 다시는 안 그럴게요"라고 대답하면서 애교를 부린다고 토로했다. 그러고는 같은 상황이 반복된다는 것이다.

미라는 제대로 일하는 동료를 원했지만, A는 업무 능력보다는 친화 능력이 더 뛰어난 사람이었다. A는 기본적인 맞춤법도 많이 틀렸다고 한다. 그는 자신이 작가로서 능력이 뛰어나지 않다는 것을 잘 알고 있다. 그렇기 때문에 일을 계속하기 위해 입안의 혀처럼 직장 내에서 권력 있는 사람들의 비위를 맞췄던 것이다. A에게는 미라가 자신의 기술이 통하지 않는 두려운 적이자 경쟁 상대였다.

A 같은 사람과 일하면서 그를 미워하지 않을 수 있을까? 대부분의 사람들은 그럴 수 없을 것이다. 매 순간 A가 밉지만 그런 사람한테 농락당한 자신이 한심해서, 샤워할 때마다 샤워기로 자기를 때리거나 잠들기 전 허공에 발길질을 하며 자책하는 사람이 훨씬 많을 것이다.

A 같은 사람을 피할 수만 있다면 피하는 것이 가장 좋다. 그런데 그럴 수 없는 상황에 처하기도 한다. 그럴 때는 자신을 탓하지 않고 보듬어주면서 견딜 수 있는 여력을 만드는 것이 중요하다. A가 당신에게 해를 입히지 못하게 모든 수단

과 방법을 강구하는 것. 그것이 직장에서 당신이 가장 먼저 해야 할 일이다.

남을 사랑하려면 자신을 먼저 보호해야 한다. 나를 보호하지 못하면서 타인을 사랑할 수는 없다. 당신을 괴롭게 만든 상대가 당신에게 불이익을 주지 못하게 모든 수단과 방법을 다 찾아내야 한다.

때로는 당신의 직장 상사가 영화에 나오는 빌런(악당) 같은 사람일 수도 있다. 그런데 당장 직장을 그만둘 수 없는 상황이라면 어떻게 할 것인가? 인간관계는 수학 문제와 달라서 참고서를 보고 답을 찾아낼 수는 없다. 다만, 갈등이 발생했을 때 흔들리지 않는 자가 이긴다.

수많은 빌런을 만났다. 알코올 빌런, 이기심 빌런, 막말 빌런, 자만심 빌런, 겉과 속이 다른 빌런 등을 만나 깨알같이 많은 고민의 밤을 보낸 결과, 겨우 우주의 먼지만큼 작은 깨달음을 얻었다. 만일 관계 빌런을 만났는데 도저히 피할 수 없는 상황이라면 이렇게 생각해보는 것이 조금 도움이 된다.

우리는 거대한 연극 세트장에서 살아가고 있다. 모든 사람은 각자 맡은 배역이 있다. 어떤 사람은 사기꾼, 어떤 사람은 아첨꾼, 어떤 사람은 음모를 꾸미는 역할, 어떤 사람은 이들을 조종하는 역할, 어떤 사람은 착한 사람을 이유 없이 괴롭히는 역할. 한 편의 연극을 만들려면 어둠의 포스가 가득한 악당이 있어야 한다. 햄릿이 유명한 인물이 되기 위해서는 그의 아버지를 살해하고 어머니와 결혼한 삼촌이라는 악당이 있어야 한다. 빛이 드러나기 위해서는 어둠이 있어야 한다.

악당들이 나쁜 일을 하려고 계략을 꾸몄는데, 뜻밖에도 선한 결과가 나타날 때가 있다. 이 세상에는 신기하게도 의도하지 않았지만 선한 결과가 나올 때가 상당히 많다. 이런 상상을 해보자.

한 악당이 인간을 멸망시키려고 인공지능에게 연구를 시켰다. 하지만 연구 담당 인공지능이 버그에 감염되어 세상의 유기견을 모두 구조하는 것이 인간을 멸망시키는 지름길이라는 결론에 도달하고 말았다면! 감염된 인공지능은 인간이 유기견을 돌보기 위해 에너지를 다 써버리기 때문에 경제활동이 중단되어 지구 멸망에 이를 것이라고 잘못 예견했다. 대개 악당은 행동파이기 때문에 유기견을 구조

할 때도 급하게 서두르고 만다. 그리하여 이 세상의 모든 유기견이 극적으로 구조되었다!

인간은 다른 존재를 돌볼 때 자기 삶에 대한 만족도가 더 높아진다. 게다가 대다수 사람이 구조한 강아지들을 키우게 되자 모든 직장에서 반려견과 같이 출퇴근하는 시스템을 도입했다. 인류는 이백 퍼센트 더 행복해졌고, 악당은 이 사태에 대한 책임을 서로에게 전가하며 다투다가 자멸해버리고 말았다.

선과 악의 경계는 그리 빡빡하지 않을지도 모른다. 물론 나쁜 사람들은 나쁜 선택을 한다. 그런데 그들이 소 뒷걸음치다가 쥐 잡는 격으로 좋은 일을 하게 될 때도 있다고 말하고 싶다. 그것을 **의도의 역설**이라고 부르겠다. 오래전 절망에 빠졌을 때, 신문기사를 보면서 이런 **의도의 역설**에 해당하는 사건을 찾는 취미를 개발해냈다. 오죽하면 그랬겠는가. 아무튼 그 취미가 나에게 다시 희망을 가져다주었다.

우리 인류 전체의 삶이 어느 거대한 소설의 일부라고 생각해보자. 이 소설을 쓰고 있는 작가는 선은 한 번에 쉽게 이기고 악은 단번에 지는, 단순하고 빤한 플롯을 결코 구상하지 않는다. 이미 일어난 사건에 어떤 의미를 부여할지는 개인의 믿음에 달려있다.

🖊 인생이 누군가가 쓰고 있는 소설이라면, 그 작가에게 무엇을 부탁하고 싶은가? 나는 플롯을 너무 복잡하게 짜지 말라고 부탁하고 싶다. 많은 사람이 헷갈려 한다. 과연 선이 악을 완전히 이길 수 있을지를.

세상 어느 곳에서도
견디지 못하는 사람

──────────── 인스타그램을 시작하며 내 책의 오
랜 독자들과 라디오 청취자들을 다시 만나게 되었다. 그동안
내가 받은 과분한 사랑에 보답하고 싶어 DM으로 고민 사연
을 받아 상담해주곤 했다. 그중에서 라디오작가인 희영의 이
야기는 내가 가장 힘들었던 시기를 떠올리게 했다.

　희영은 서른두 살이 되고부터 태어나서 처음으로 분노를
제대로 조절할 수 없다고 느꼈다. 회사에서 일을 하고 있을
때 전화벨이 세 번 이상 울리면 책상을 창문 밖으로 집어던
지고 싶어졌다. "날 가만 내버려둬." 이렇게 중얼거렸다. 처
음에는 좋은 직장에 들어갔다고 생각해서 불만을 참았지만,
몇 가지 작은 불만을 참는 횟수가 늘어나자 결국에는 모든
것을 참을 수 없었다. 이런 짜증나는 현실로부터 벗어날 수
없다는 사실을 알게 되었기 때문이다.

　희영은 회사에서 나와 집으로 가는 길에 경부고속도로로
빠지는 램프가 눈에 들어오자, 그 쪽으로 차를 몰았다. 차가

경부고속도로를 달리기 시작하자 마음이 편해졌다. 잠깐이라도 회사와 관련된 모든 것을 잊고 싶었다. 방송국을 무작정 그만둘 수는 없었기 때문에 다음 날 오전에 다시 서울로 와서 출근했다. 하지만 그후에도 희영은 회사에서 스트레스를 받을 때마다 즉흥적으로 여행 가방을 꾸렸다.

그의 장래희망은 제주도 게스트하우스 주인이라고 했다. 하지만 게스트하우스 주인이 되면 더 이상 제주도가 여행지가 아닐 테니, 다른 곳으로 떠나고 싶어질 것 같아 걱정이라고 했다.

희영은 오랫동안 자신에게 적대적인 환경에서 지내왔다. 그런 상황에 처하면 사람들은 무력감에 빠진다. 그리고 내면 깊숙한 곳으로부터 이런 목소리를 듣게 된다. '여기서 벗어날 수 없어. 이건 끝나지 않아.' 그 목소리를 듣기가 괴로워 그 자리를 벗어나고 싶어지고 이곳이 아닌 저곳으로 달려가게 된다.

어떤 사람들에게 여행의 만족감은 출발지와 목적지 사이에 있다. 토마스 베른하르트Thomas Bernhard는 소설 《비트겐슈타인의 조카》에서 이런 유형에 대해 말했다. "나는 세상의 그 어떤 장소에서도 견디지 못하고, 오직 떠나 온 장소와 도착할 장소 사이에 있을 때만이 행복한 인간에 속한다." 이런 사람들은 '상상할 수 있는 한 가장 불행하게 도착하는 사람들'이 된다. 도착하자마자 떠나온 곳에서 벗어나지 못했음을 알게 되기 때문이다.

그들이 정말로 떠나고 싶어했던 곳은 어디일까?
바로 자기 자신이다.

우리 모두는 자신으로부터 벗어나고 싶을 때가 있다. 쌓여가는 의무, 지키지 못한 계획, 깨어진 약속, 암담한 미래… 이런 것들로부터 벗어나고 싶을 때 불쑥 떠나고 싶어진다. 하지만 고속도로를 끝없이 달리거나 비행기를 타고 만 킬로미터를 날아도 자신으로부터 벗어날 수는 없다. 여행 갈 때 다른 건 다 버리고 갈 수 있어도, 이메일 알람과 핸드폰 전원까지 끌 수 있어도, 자신은 데리고 가야 한다. 컴퓨터처럼 초기화할 수도 없으니, 웅웅거리는 머리속은 계속 그대로이다. 산소호흡기가 필요한 자아는 한 번의 여행으로는 치유되지 않는다. 어쩌면 당신은 슬퍼하는 중일지도 모른다. 자신이 잃어버린 것에 대해. 혹은 잊어버린 것에 대해.

만일 끝없는 여행과 여행 사이에서만 안심할 수 있다면,

여행이 끝나자마자 다음 여행을 계획해야 마음을 달랠 수 있다면, 당신의 마음이 당신에게 신호를 보내는 중일지도 모른다. '나를 더 돌봐줘'라고.

그들이 부러워서
인스타그램을 삭제하고 싶다면

―――――――――― 라디오 키드로 자란 성희는 내가 일하던 라디오 프로그램을 통해 알게 되었다. 거의 매일 사연을 보내왔고, 그러다가 나를 찾아와서 이야기를 나눈 적이 있다. 이십 대 후반이 된 그는 언젠가 이런 고민을 털어놓았다.

"작가님, 전 유명인들의 인스타그램을 보면 '나는 뭔가' 싶어요. 그 사람들이 누리는 삶에 비하면 제 삶은 너무 초라해 보여요. 그 사람들 집은 왜 그렇게 큰 거예요? 저도 멋진 데서 외식하고 싶은데…. 인스타를 볼수록 짜증이 나고 우울해져요. 그 사람들이 부러워요."

어느 날 성희는 직장에서 퇴근하고 집에 들어올 때 누군가가 자신을 반겨주면 좋겠다고 생각했다. 그래서 고양이 한 마리를 분양받았다. 고양이를 키우며 인스타그램을 시작하게 되었고 주로 고양이 사진을 올렸다. 성희가 재치 있게 글을 잘 썼기 때문에 많은 사람이 좋아해주었다. 그런데 인스타그램에서 다른 사람들의 일상을 접하면서, 평소에는 신경 쓰지 않던 자신의 방과 잡동사니 같은 소유물을 다시 생각하게 되었다. 고양이 사진을 찍다보면 방에 있는 가구나 집기들이 배경에 찍히곤 했다. 그 물건들 곳곳에 생활의 비루함이 묻어났다.

그는 보증금 천만 원에 월세 오십만 원짜리 원룸에 혼자 살고 있다. 작은 공간에서 고양이와 살다보니 온갖 잡동사니들이 집안 곳곳에 쌓이게 되었다. 그의 소원은 짐이 보이지 않는 집을 갖는 것이었다. 미니멀리즘이 유행하며 다들 내다버린다고 하지만, 더 이상 버릴 것이 없는 사람에게는 그것마저 정신적 사치로 느껴지는 법이다. 그에게는 비싸 보이는 가구나 물건이 하나도 없었다. 책상과 책장은 재활용센터에서 주워오거나 중고나라에서 구한 것이었다. 그리고 행거와 작은 매트리스가 있는 방. 물건을 둘 공간이 마땅치 않아서 무언가를 살 때마다 망설인다. 옷을 한 벌 사면 다른 옷을 버려야 한다. 읽고 싶은 책들은 주로 도서관에서 빌려본다. 청소기는 어머니가 쓰신 지 십 년 된 것. 과열될까봐 쓸 때마다 항상 조마조마했다.

그런데 팔로워가 많은 사람들이 올리는 사진을 보면, 그들은 홍콩 호텔의 인피니티 풀에서 와인을 마시거나 캘리포니아에 있는 커피하우스에서 유기농 커피를 마시고 있었다. 아니면 야경이 멋진 호텔 식당에서 밥을 먹거나 새로 생긴 고

급스러운 레스토랑에서 많은 사람에게 둘러싸여 무언가를 마시고 있었다. 성희는 단 한 번도 외국 여행을 해본 적이 없었다. 비싼 레스토랑에 가본 적도 거의 없었다.

그는 타인의 취향이 부러웠다. 돈이 있어야 가능한 취향이어서 슬펐다. 가끔 타인의 삶이 너무 부러워서 스마트폰을 내려놓고 눈을 감을 때마다 마음이 아려왔다. 값비싼 가방이나 구두를 갖고 싶다고 생각해본 적은 없지만, 외국의 명소를 여행해보고 싶었고 멋진 풍경을 보면서 음식을 먹어보고 싶었다.

그는 컵라면을 들고 인스타그램으로 파리의 어느 거리에 있는 사람의 사진을 보았다. 그러자 얼마 전 외국 여행을 다녀온 회사동료가 생각났고, 남은 할 수 있는데 자신은 못 하는 것들이 생각나서 화가 났다. 한편으로 성희는 다른 사람들의 삶을 엿보면서 질투하는 자신이 한심했다. 그냥 고양이 사진만 보면 되는데, 왜 남들의 사진을 굳이 찾아보며 부러워할까? 인스타그램은 가능성 없는 희망의 전시장이다. 많은 사람이 행복 가득한 사진 속에서 웃고 있다. 행복이 그렇게 흔한데, 그는 그 안에 없다.

때로 부러움이라는 감정은 우리를 집어삼킬 것처럼 보인다.

질투심이 유난히 많은 사람을 가까이서 본 적이 있다면, 그들이 얼마나 힘겹게 살고 있는지 알 것이다.

질투는
그 사람을 통해 나의 좌절된 꿈을 보기 때문에 생긴다.

그 사람을 미워하는 것 같지만, 실제로는 자신에게 실망한 것이다. 이것을 알아차리면 자신을 더 너그럽게 대할 수 있다. 질투가 생기면 자신을 더 보살펴야 한다. 충분한 시간이 흐른 뒤에는 깨닫게 된다. 다른 누군가가 그토록 부러워하는 사람이 당신일 수도 있다는 것을.

사랑하는
데미안

────────── 만일 누군가가 인생에서 가장 어려운 일이 무엇인지 묻는다면 이렇게 대답할 것이다. 나에게 상처를 준 타인을 받아들이는 것. 헤르만 헤세는 소설《데미안》에서 이런 글을 썼다.

> 우리가 어떤 사람을 미워한다면, 우리는 그의 모습 속에, 바로 우리들 자신 속에 들어앉아 있는 그 무엇인가를 보고 미워하는 것이지. 우리들 자신 속에 있지 않은 것, 그건 우리를 자극하지 않아.

중학생 시절, 아버지가 사주셨던 세계문학전집을 통해 《데미안》을 만났다. 어찌나 재미있던지 그때부터 헤세에게 빠져들었다. 중학생 때 그의 소설을 다 읽고, 시내의 큰 서점 복도에 쭈그리고 앉아 헤세에 관한 평론집을 찾아 읽곤 했다. 지금도 '데미안' 하고 소리 내어 말하면 마음이 설렌다. 여전히 사랑한다.

이 책을 쓰기 시작할 무렵 구입한 에코백에 바로 저 문장이 프린트되어 있다. 중학생 때는 몰랐지만 지금은 저 문장이 융의 심리학에서 비롯됐다는 것을 안다. 나로서는 놀라운 발견이다. 실제로 헤세는 융의 제자인 정신분석가에게 72회에 걸쳐 정신분석을 받았다고 한다. 그렇게 헤세는 융 심리학의 내용을 《데미안》에 옮겨놓았다.

사춘기에 서점 복도에 쭈그리고 앉아 헤세에 관한 평론을 찾아보던 나는, 방송작가로 이십 년 넘게 일하고 심리학을 공부한 이후 헤세를 다시 만났다. 삶은 이토록 반가운 선물을 준다. 헤세와의 재회는 나를 설레게 했다. 마치 산속의 옹달샘에서 시작한 작은 물줄기들이 제각각 흘러가다가 거대한 강을 이루는 것처럼 헤세, 융, 심리학자들, 학교 친구들, 대학원 교수님들, 융을 열렬히 좋아하셨던 교수님 그리고 나, 이 모든 사람이 시간의 대양을 건너 한 곳에 모인 기분이었다.

융을 공부하면서 나를 괴롭히던 문제를 많이 해결했다. 융의 심리학에 나오는 '그림자shadow'란 개념은 자아의 어두운 측면을 뜻한다. 보는 것만으로도 낯 뜨거운 막장드라마를 보던 한 사람이 극 중 얄미운 캐릭터를 도저히 견딜 수 없어

"꺼져!" 하며 쿠션을 던지고 말았다. 만일 그때 옆에 있던 어머니가 혀를 차며 "너도 저럴 때 있어!"라고 말하면 그 사람은 발끈 화를 내면서 나가버릴지도 모른다. 사람들 대부분은 자기 안에 있는 그림자를 누군가가 지적하면 불같이 화낸다. 끔찍하게 싫어서 꽁꽁 숨겨둔 자신의 일부이기 때문이다.

융의 심리학에 따르면 우리가 타인을 집요하게 미워하는 이유는 내 안에 있는 그림자가 그 사람의 속성과 비슷하기 때문이다. 유독 도덕적인 잣대에 따라 사고하고 행동하려는 사람에겐 비도덕적인 그림자가 있는 것이다. 그래서 그 사람은 비도덕적인 사람을 보면 괜히 미워하고 분노하게 된다. 잘난 척하는 사람을 유난히 미워하는 사람은 내면에 잘난 척하고 싶은 욕구를 억압하기 때문이다. 바람둥이를 유난히 미워하는 사람은 내면에 많은 이성으로부터 인기를 얻고 싶은 욕구를 억압하기 때문이다. 유명해지기 위해 발버둥치는 사람을 유치하다고 생각하는 사람은 유명해지고 싶은 욕구를 억압하기 때문이다.

융의 심리학을 공부한 이후, 나의 그림자는 무엇일까 생각했다. 나는 속물적인 성격, 자신은 언제나 특별한 대접을 받아야 한다고 생각하는 오만한 성격, 유명해지기 위해 비도덕적인 일도 마다하지 않는 성격을 가진 사람들을 미워한다. 어느 집단에 가든지 권력을 가진 사람을 찾아내어 그 사람 마음에 들기 위해 사력을 다하는 사람도 싫어한다. 무엇보다도 양심이 없고 공감을 못하고 자신의 이익을 위해 타인을 짓밟는 사람도 미워한다. 그런데 융의 심리학에 의하면 내 안에 그런 속성들이 억압되어 있는 것이다. 이런 시각 덕분에 인생을 다른 관점으로 보게 되었다. 나를 괴롭힌다고 믿었던 괴물들이 결국 내 자신이었다.

우리가 미워하는 타인의 성격이 내가 갖고 있는 인격의 일부라는 것을 깨닫게 되면, 누군가를 괜히 미워하게 될 때마다 '반갑군, 또 내 자신을 만났구나' 하고 생각하게 된다. 물론 이것을 인정하기는 결코 쉽지 않다. 자아를 발견하는 여행길에서는 자신이 부서지고 말 것 같은 공포를 느끼곤 하니까.

자신의 그림자를 발견하고 자신과 통합해가는 과정은 삶을 근본적으로 변화시킨다. 그때 얻는 기쁨은 압도적이다. 살아 있는 것 자체에 대한 환희이기 때문이다. 남을 미워해서 얻는 괴로움은 스스로를 감옥에 가둔다. 그 감옥에서 나오는 열쇠는 자신에 대한 통찰밖에 없다.

당신이 가장 미워하는 것은 무엇인가?

그것은 바로 자신이 인정할 수 없는,

당신 자신의 일부이다.

여기서 꼭 말하고 싶은 것이 있다. 융의 심리학 이론으로 악인을 두둔해서는 안 된다. 악인을 분석하는 이유는 그들의 악행을 무조건 용서하기 위함이 아니다. 수많은 모험담 속 영웅들은 고향을 떠나 괴물과 '싸우며' 성장한다. 그리고 다시 집으로 돌아와 통합된 자아를 발견한다.

다시 말하지만 괴물이 내 자신이라는 표현은 은유다. 현실의 괴물은 말 그대로 괴물이다. 괴물을 그대로 두고서는 자신을 보호할 수 없다.

절망하는
청춘들을 위해

─────────────── 스무 살이 지날 무렵에 '나만 억울한
게 아닐까?' 하는 생각에 푹 빠졌다. 다른 사람 입장에서 생
각하고 그들의 감정을 바로 옆에서 느끼는데 남들이 모두 나
와 같진 않다는 것을 알게 되었기 때문이다. 나의 그런 성향
을 약점으로 여기는 사람도 있었다. 때때로 내가 다른 사람
에게 마음을 10 정도 주면, 남들은 나에게 2나 3만큼 주는
것처럼 생각되기도 했다. 내가 배려한 사람들이 나의 진심을
알아주지 않아서 속상하기도 했다. 솔직히 말하면 한두 번 속
상한 것이 아니었다. 사람들이 점점 피곤하게 여겨지기 시작
했다. 인간관계에서 극도의 피로감이 몰려오자 사람들을 향
해 차츰 벽을 쌓기 시작했다. 여전히 사람을 향한 호기심이
넘쳐나서 사람들과 어울리는 것을 좋아했지만, 아주 가까운
사람들은 어느 순간 냉정해진 나를 느꼈을 것이다.

　결정적인 순간이 있었다. 인생에서 결코 잊을 수 없는 순
간이다. 몇 해 전에 정신분석 포럼에 참석해서 정신분석가
의 사례분석 강의를 들을 때였다. 갑자기 번개를 맞은 것 같

은 충격과 함께 강렬한 통찰의 순간이 찾아왔다. 그것은 내 삶의 모든 과정이 작은 점 하나로 압축되었다가 우주의 빅뱅처럼 폭발하는 것과 같은 경험이었다. 글로 정확히 표현하기 어렵지만 엉성하게라도 묘사하면 이렇다.

'마음속에 있던 무의식의 응어리가 녹아서 그 속에 숨어 있던 분노의 정체를 알게 되고 악을 연민의 시선으로 보게 되었다.'

'어둠이 빛의 부재이듯 악은 사랑의 부재이다. 악에는 사랑의 도구가 없다. 빛이 들지 않는 정원에서 자라는 식물이 눈부신 햇빛을 모르는 것처럼, 악은 사랑의 풍요로움을 모른다.'

물론 이것은 사례분석을 들을 때 정점을 찍었을 뿐, 실은 평생에 걸쳐 서서히 진행된 과정이었다. 인생에서 몇 차례나 지독한 시절을 보내면서 나를 들여다봤다. 성장은 워낙 느리기에 인내심을 팽팽하게 당겨놓는다.

그리고 그때 '모든 것은 연결되어 있다'는 말을 더 깊은 차원에서 깨달았다. 불교에는 '인드라의 그물Indra's net'이라는 비유가 있다. 인드라는 제우스나 토르처럼 번개를 다루는 신으로 그의 무기 중에는 그물이 있다. 그물코마다 박혀 있는 보석들은 서로를 비추고 있으며, 거기에서 나오는 빛이 무수히 겹치며 퍼져나간다고 한다. 이 모습은 모든 존재(부처)가 그물코에 달린 보석처럼 서로를 비추며 연결된다는 것을 뜻한다.

성경에서는 '지체가 모두 한 몸이듯 우리는 한 몸이니 이웃을 사랑하라'고 한다. 우리는 서로를 비추는 보석이며 하나의 사랑이다. 우리는 하나다. 만일 우리 중 누군가가 절망에 빠져 소멸한다면 내 일부도 죽고 만다. 나는 내가 받을 수 있는 빛을 잃고 싶지 않다. 그러니까 당신은 빛을 잃지 말아 달라는 것이다.

살아오면서 절망하는 이십 대 친구들을 많이 보았다. 곱디고운 그들이 빛을 잃고 스러져가는 모습을 더 이상 보고 있을 수 없어서 무언가를 해야겠다고 생각했다. 삶의 막다른 골목에 서 있는 수많은 사람에게 이 이야기를 꼭 하고 싶었다. 조금만 더 버티라고. 반드시 끝이 온다고. 지금 생각하는 것보다 훨씬 나은 미래가 올 거라고.

안타깝게도 삶은 어떤 순간 낭떠러지 끝에 서기도 한다. 만일 그 끝에 서 있는 사람이 이 책을 읽으면 좋겠지만, 아마도 그들은 그런 여력이 없을 지도 모른다. 그렇다면 그들의 귓가에 깃털 같은 봄바람이 닿아 이 말을 전해주기 바란다. 내가 지금 할 수 있는 일은, 이렇게 책을 통해 말하는 것뿐이다.

고민을 털어놓고 싶을 때
누구를 찾아갈까?

─────────── 당신은 남에게 고민을 털어놓고 감
정을 쏟아내는가? 아니면 혼자 끙끙 앓는가? 내향적인 사람
은 자신의 고민을 혼자 간직하고, 외향적인 사람은 별로 친
하지 않은 사람에게조차 고민을 허물없이 이야기하기도 한
다. 그러니까 "나는 고민을 혼자 삭이는데, 너는 왜 나한테
자꾸 말하는 거지?"라고 따지면 친구에게 상처를 줄 수 있
다. 그 친구는 외향적인 성격이기 때문에 고민을 마음에 간
직하지 않고 바로 털어놓는 것이다.

솔직히 말하면 내가 그렇다. 지인에게 고민을 편히 이야기
해버리는 성격이기 때문에 고민을 절대로 말하지 않는 사람
을 이해하지 못했다. '어떻게 저렇게 살 수 있지?' 하고 의아
해하기도 하고 '제발 나한테 고민을 털어놓으라고. 왜 항상
나만 다 털어놓는 거야!' 하고 마음속으로 사정하기도 했다.
그러다가 상담심리 수업시간에 내향적인 사람의 특징을 듣
고 나서야, 주변에 있는 내향적인 사람들을 이해할 수 있었
다. 재미있게도 당시에 알던 지인들은 나 빼고 대부분 내향

적이었다. 팝음악 마니아들이 거의 그렇다.

　속이 부글부글 끓어오를 때 굴속으로 숨지 않고 지인들에게 말하고 다녔던 나는 인생의 작은 교훈을 얻었다. 부정적인 감정을 말할 때는 상대를 잘 선택해야 한다는 것이다. 말하는 사람이 상처받기 가장 쉬운 상태이기 때문이다.

　이런 상대가 좋다. 당신의 성격을 파악하고 있고, 특히 감정이 폭발하는 버튼이 무엇인지 이해하며, 당신이 울화가 치밀어 올라 말을 심하게 해도 부정적으로 평가하지 않는 사람. 당신이 애써 감정을 쏟아놓았는데 그 말을 듣던 상대에게서 당신을 판단하는 느낌을 받는다면, 그때 받는 상처는 엄청날 것이다.

　한 마디로 말해, 화가 났을 때는 사랑이 필요하다. 사랑이란 상대의 분노를 감싸 안아 온유한 말로 바꿔주는 것이다. 분노는 본래 사랑으로부터 단절되었을 때 품게 되는 감정이다. 그러니 분노에는 분노가 필요한 것이 아니라, 더 지극한 사랑이 필요하다.

길을 잃었을 때는 긍정적인 벗만이
나와 함께 걸어준다

─────────────── 나는 타고난 긍정전문가였다. 그래서 대학 시절에는 냉소적인 친구들 사이에서 놀림을 받곤 했었다. 이십 대 초반의 사회학과 학생들은 냉소적인 태도를 멋있고 당연하게 생각하는 경향이 있었다.

하지만 3학년 때 몸이 아파서 휴학을 하게 되자 절망에 빠지고 말았다. 병원에 다녀도 건강이 좋아지지 않아서 내 인생이 스무 살 무렵에 끝났다고 생각했다. 그때는 희망이 없으니 도무지 웃을 일이 없었다. 지금도 그 당시를 떠올리면 암흑만 연상된다.

그때 선배 언니들이 집으로 찾아와 함께 시간을 보내주며 나를 웃게 만들려고 재미있는 이야기를 해주곤 했다. 하루는 태몽 이야기를 하다가 언니들이 나에게 이렇게 말했다.

"너 같은 태몽을 가진 사람이 이렇게 계속 아플 리가 없어. 꼭 나을 거야. 걱정하지 마."

웃을 일이 별로 없던 나는 그 이야기에 큰 소리로 웃고 말았다.

어머니는 내 태몽으로 세 가지 꿈을 꿨다고 했다. 산신령 호랑이가 어머니에게 호랑이 새끼를 주는 꿈, 금으로 된 잔칫집에 초대받은 꿈 그리고 돼지한테 물리는 꿈이었다. 모두 범상치 않은 꿈들이지만 나는 어머니의 풍부한 상상력이 몇 가지 태몽을 만들어냈다고 생각했다. 그런데 언니들의 이야기 이후, 태몽이 갑자기 중요한 의미를 갖게 되었다. '그래, 나는 호랑이 꿈을 꾸고 태어났으니까 여기서 죽는 게 아닐 거야. 아픈 것도 낫고 좋은 날이 오겠지' 하고 생각하게 되었다.

그때 선배 언니들은 절망에 빠져 있던 나를 끌어올리기 위해 얼마나 머리를 쥐어짰냈을까? 그들의 걱정이 차고 넘쳐서 호랑이 꿈 때문에 병이 나을 거라는 농담까지 만들고 말았다. 지금 생각해도 정말 고맙다.

농담에 이렇게 큰 감동이 담길 때가 있다. 농담은 팽팽한 긴장감을 풀어주기도 하고, 나에게 일어났던 일처럼 독특한 방식으로 용기를 주기도 한다. 어떤 상황에서도 웃을 수 있는 사람은 희망을 볼 수 있다.

많은 한국 사람이 지나친 엄숙주의에 빠져 있다. 어려움 속에서도 농담을 즐길 수 있는 사람은 성숙한 사람이다. 그들에게 박수를 보내고 싶다.

악의 없이 유쾌한 사람을 만나면 전 인류가 정기적으로 그에게 세계 정신건강 유지에 대한 사례금을 보내야 하는 것이 아닐까, 하고 생각한다.

나를 대신해
울어주는 사람

―――――――――― 어릴 때부터 호기심이 많아 다른 사람의 살아온 이야기를 듣는 것을 좋아한다. 그래서 상담 코너나 인터뷰 코너를 좋아했다. 방송작가가 된 이후엔 TV 토크쇼 대본을 쓰며 출연자를 만나 사전 인터뷰하는 시간이 특히 좋았다. 아름다운 여배우를 비롯해 세상의 모든 사람은 자신만의 살아온 이야기가 있으니까. 라디오 프로그램을 구성할 때도 상담 코너를 넣곤 했었다.

그러다가 몇 년 전부터 심리치료 공부를 시작한 뒤로는 전문적인 사례분석을 접하게 되었다. 상담사연을 읽거나 사례분석 포럼에 참가했을 때, 나는 울 준비가 되어 있는 사람 같았다. 남들의 슬픈 이야기를 들을 때면 마음이 아려서 눈물이 흐르곤 했다.

세상은 각박하다. 사람을 메마르게 만든다. 때로는 사회에서 만난 많은 사람처럼 냉담하고 이기적인 사람이 되고 싶었다. 그런 사람들이 쉽게 사는 것처럼 보였기 때문이다. 하지만 상담공부를 통해 공감을 잘 하는 내 성격이 남을 돕는 데

유익하다는 것을 깨닫게 되었다. 다른 사람의 이야기를 듣고 같이 마음 아파하는 것이 얼마나 좋은 일인지 알게 되었다. 정말 감사한 일이다. 이기적인 사람들은 나를 바보라고 생각했겠지만, 나는 절대로 그들이 세상의 주인공이 아님을 심리학 공부를 통해 알게 되었다.

사람들은 대체로 울어야 할 때 울지 못한다.
나를 대신해서 울어줄 사람이 있다는 사실은
무거운 짐을 진 사람을 감동시킨다.

대학 시절, 영화동아리에서 알게 된 친구를 떠올리면 언제나 고마운 마음이 든다. 그는 내가 어떤 문제로 마음이 상해 있을 때 내 표정만 보고 말없이 눈물을 흘렸다. 그 친구의 눈물을 보면서 아픔이 스르르 사라짐을 느꼈다.

고민을 말하는 상대에게 전혀 공감하지 않고 해결책부터 제시하려다 보면 오히려 상처를 주게 된다. 우선 충분히 귀기울여 들어주는 것 그리고 그 사람의 감정에 공감하는 것. 그런 태도가 타인의 마음을 치유한다.

팩트체크가 아니라
공감

──────────── 우리는 어디에서 위안을 얻어야 할까? 인간관계에서 입은 상처는 인간관계로 회복된다. 그렇다면 어디에 가야 나를 수용하고 배려해주는 천사들을 만날 수 있을까? 아무도 모른다. 하지만 당신이 왜 이렇게 힘든지 알 수 없고, 무기력 상태가 계속된다면 당신이 주로 만나는 사람들을 삼 분의 이 이상 바꿔보기를 바란다.

관계의 패턴은 한 번 굳어지면 바꾸기가 상당히 힘들다. 관계들이 점차 굳어져 하나의 환경처럼 되어버린다. 인간은 환경에 적응하는 습성이 있기 때문에, 좋지 않은 환경에도 적응해간다. 그러다보니 자신에게 이롭지 못한 관계에 맞춰 자신을 변화시키고 점점 더 힘들어한다.

친구라고 다 도움이 되진 않는다. 당신이 무슨 말을 할 때마다 "난 그렇게 생각하지 않아"라는 말로 시작해 조목조목 따지는 친구는 자주 만나지 않는 편이 정신건강에 좋다. 그 친구를 만나면 만날수록 상처받게 되니까.

관계를 성장시키는 것은 '팩트체크'가 아니라 '공감'이다.

친구가 자신과 다르게 생각한다고 해서 매 순간마다 지적하면 두 사람은 **웃으면서 상대를 꼬집는 관계**가 된다. 그러다가 언젠가는 '어, 이거 봐라, 꼬집는 게 너무 아픈데. 이거 장난이 아니잖아?'라고 생각하게 되고 참았던 화가 폭발해서 결별을 선언할 수도 있다. 그렇기 때문에 친밀할수록 비판 정신은 잠깐 괄호 안에 넣어두고, 일단 상대방의 말에 공감하는 태도가 필요하다. '무조건 상대에게 공감해주다 보면 지치지 않을까?' 하는 생각이 들 것이다. 그렇다. 한 사람이 일방적으로 희생해야 하는 관계는 반드시 깨어지기 마련이다. 하지만 어떤 사람들은 이런 역할을 번갈아 해주면서 관계를 성장시킨다.

많은 직장인이 직장에서 스트레스를 받으면 퇴근 후에 동호회 활동을 한다. 요즘 북클럽이나 취향살롱이 인기인 이유도 여기에 있다. 직장에서 만나는 '진상'을 영원히 피하고 싶으나, 그렇게 하면 밥을 굶게 되기 때문에 다른 곳에 가서 자신과 비슷한 사람을 만나는 것이다. 이것도 새로운 관계를 발견하기 위해 떠나는 여정이다.

심리학자 하인즈 코헛 Heinz Kohut은 공감의 중요성을 강조했다. 그는 우리가 어떤 관계를 통해 진정한 공감을 얻으면

'심리적 산소psychological oxygen'를 공급받는다고 했다. 나는 이 표현을 좋아한다. 나에게 공감해주지 않는 사람들 사이에서 오랫동안 생활하다보면 꼭 질식할 것 같은 위기가 찾아왔다. 가정에서나 직장에서나 늘 호흡이 가쁜 상태로 살면 쉽게 지친다. 무엇을 해도 피곤하고, 무엇을 하지 않아도 피곤하며, 평생 누워 있고만 싶다면 당신은 심리적 산소가 부족한 상태이다. 꾹 참고 지내다 응급실에 실려 가기 전에 이산화탄소발생기 같은 사람들을 떠나서 산소발생기 같은 사람을 찾아야 한다.

　　만일 당신이 심리적 산소를 찾아 길을 떠나기로 했다면
　　새로운 여정에 행운이 함께하기를.
　　지친 발걸음에 위로의 손길이 따를 것이다.

공감은 그의 언어로
이야기하는 것

──────────────── 웬디는 TV 시리즈 〈스타 트렉〉의 열
성 팬, 즉 '트레키Trekkie'이다. 웬디는 자폐증이 있기 때문에
작은 보호시설에서 살지만 〈스타 트렉〉을 보는 시간에는 우
주를 여행하는 기분을 느낄 수 있었다. 그는 〈스타 트렉〉의
주요 등장인물 중 스팍을 좋아한다. 인간과 달리 감정을 거
의 느끼지 않는 스팍의 모습에서 자신을 발견한다.

웬디는 자신이 쓴 〈스타 트렉〉 관련 시나리오를 공모전에
내려고 준비했는데, 우편 접수 기한을 놓쳐버려 직접 제출
하기로 마음먹고 대장정에 나선다. 여행은 고난의 연속이다.
남들과 조금 다른 그가 혼자 여행하는 것은 예상치 못한 위
험을 계속 마주하는 과정이다. 그가 겁에 질려 몸을 숨겼을
때, 어떤 경찰이 그에게 독특한 언어로 말하며 다가온다. 그
것은 바로 '클링온Klingon어'였다. 클링온어는 트레키라면 알
고 있는 〈스타 트렉〉의 외계어이다. 〈반지의 제왕〉의 열성팬
은 엘프어를 배우고 〈스타 트렉〉의 열성팬은 클링온어를 배
운다.

영화 〈스탠바이, 웬디〉를 보면서 웬디가 마치 새로운 신화의 캐릭터 같다는 생각을 했다. 웬디는 혼자 여행할 수 없는 사람이었지만, 자신만의 방식으로 괴물을 무찌르고 성장하여 돌아온다. 웬디가 실제로 혼자 여행할 수 있는지 여부는 중요하지 않다. 내가 웬디의 이야기를 좋아한 이유는 그가 곤경에 처했을 때 도움을 주는 사람이 있었고, 그 사람이 웬디를 돕는 방법을 제대로 알고 있었기 때문이다. 경찰관이 웬디의 언어인 클링온어로 말할 때 스크린에서 꽃이 피었다. 공감은 상대의 언어로 말하는 것이다.

내가 아는 어느 중년 여성은 방탄소년단의 멤버 이름을 다 외운다고 했다. 그는 가끔 어려운 환경에 놓인 청소년들을 상담하는데, 그들이 마음을 열지 않고 대화를 거부할 때 방탄소년단에 대해 말하면 마음을 열고 대화하게 된다고 했다. 웬디에게는 클링온어가 이 삭막한 지구에서 자신이 좋아하는 유일한 세상으로 들어가는 열쇠였다. 아이들의 경우에는 그들이 좋아하는 방탄소년단에 대한 이야기가 열쇠였다. 다른 사람의 마음을 여는 가장 효과적인 방법은 그들의 말을 배워서 대화하는 것이다.

내 말을 잊고 상대의 말로 이야기하는 것이 공감이다.

모든 사람에게는 그들만의 언어가 있다. 어린 시절 나는
내 언어와 친구들의 언어가 다르다고 종종 생각했다. 크고
작은 오해가 생기기도 했다. 내 언어를 다른 사람의 언어로
번역해서 말하는 법을 배우는 일이 성장의 과제였다. 웬디처
럼 조용하고 익숙한 곳에 있을 때가 가장 편했다. 하지만 지
금은 많은 사람 앞에서 강연하기도 하고, 이렇게 사적인 이
야기를 공개적으로 풀어놓기도 한다. 이런 변화는 모두 나의
이야기에 공감해준 분들 덕분이다.

우울한 맛
바질 파스타

———————————— 어쩌다 파스타를 만들게 되었다. 소중한 친구가 파스타를 같이 먹고 싶다고 했기 때문이다. 그래서 나는 어떤 파스타를 원하느냐고 물었다.

"우울해. 우울한 맛을 원해."

그가 그런 대답을 할 줄은 몰랐다.

당시 브로콜리가 잔뜩 들어가 건강한 맛이 나는 파스타를 좋아했다. 하지만 그의 우울한 식사에 동참하기로 했다. 친구를 위해 '우울한 파스타'를 정성껏 만들었다. 소금과 올리브 오일과 바질이 들어간 파스타에서는 우울한 맛이 난다. 하루키의 소설 속 아내가 실종된 뒤 파스타 면을 삶던 남자는 분명 이런 파스타를 만들었을 것이다.

라디오 프로그램에는 수시로 "이 우울한 기분에서 벗어

나고 싶어요. 기운 낼 수 있게 응원해주세요"라는 사연이 온다. 많은 지인들도 우울증을 겪고 있거나 겪었다는 말을 했다. 왜 이렇게 많은 사람이 우울증을 앓는 걸까? 기쁨이나 분노가 한 달 내내 지속되는 경우는 극히 드문데, 왜 우울한 기분은 한 달이나 일 년 혹은 그 이상 지속될까? 인간에게 이렇게 슬픔이 많은 데는 분명히 이유가 있다.

슬픔을 경험하는 것이 인간을 숭고하게 만든다. 우울한 감정은 우리를 인간답게 만든다. 만일 우울이라는 감정을 알지 못한다면, 다른 사람에게 공감하는 능력이 훨씬 줄어들 것이다. 실제로 가벼운 우울증을 이겨낸 사람들은 공감 능력이 훨씬 향상된다고 하니까.

인간은 스스로 존재하지 못한다. 인간은 다른 이들에게 의지하면서 살아야 하는 존재이다. 우울해지면 다른 사람의 도움이 절대적으로 필요하다. 우울한 감정이 이토록 흔한 이유는 우리가 서로의 품에 안기고, 서로를 보듬어주며 살라는 뜻이 아닐까?

우울한 맛 파스타를 원했던 친구는 한동안 밝은 표정으로 잘 지냈다. 우울증의 원인이던 회사를 그만두었기 때문이다. 새로운 회사에 들어가고 한동안 연락이 없더니, 몇 달 후 나에게 이렇게 말했다.

　　"이제는 번아웃 파스타를 먹어야겠어."

원빈보다
잘생긴

──────────── 어느 해 여름, 여행이 시작됐다. 단지 밀면을 먹고 싶어서 부산에 혼자 갔다. 밀면 한 그릇을 먹고 해운대 근처에 있는 벤치에 앉아 있을 때였다. 그 좋은 순간에, 서울에서 있었던 불쾌한 일들이 떠올랐다. 갑자기 누가 내 발을 밟고 사과하지 않고 가버린 것처럼 화가 나기 시작했다. 그 기분 때문에 여행을 망칠까봐 조마조마했다.

그때였다. 보글보글 파마머리를 한 할머니 한 분이 내 곁에 앉았다. 하니스를 맨 늠름한 슈나우저 한 마리와 있던 그 할머니는 나를 보더니 불쑥 이렇게 말했다.

"우리 강아지 이름이 뭔지 알아? 큰빈이야, 큰빈. 원빈보다 더 잘생겼기 때문에 큰빈이라고 이름을 지어줬어."

나는 흘끔 강아지를 쳐다봤다. 그 아이의 등이 더 곧게 펴졌다. 할머니가 자기 이야기를 한다는 사실을 알아차린 것이다. 자부심을 가진 표정이었다. 할머니가 다시 이야기를 시작했다.

"내가 얘랑 매일 아침마다 바닷가를 산책하는데… 이 녀석 걸음이 아주 재빨라."

나는 우리 강아지들을 떠올렸다. 바닷가를 같이 산책했던 때가 벌써 몇 년 전이었다.

"할머니, 강아지가 정말 복이 많네요. 이렇게 경치 좋은 해변을 매일 아침 구경하고요. 저도 강아지들한테 그렇게 해 주고 싶어요."

할머니는 큰빈이와 산책하다가 뱀을 만난 이야기를 들려주었다.

"하루는 요만한 뱀이 나타났는데, 내가 놀라서 펄쩍 뛰었더니 이 녀석이 저 혼자 막 도망가더라고! 어찌나 웃기던지."

할머니는 강아지를 한 번 쳐다보더니 갑자기 목소리를 낮추었다.

"그런데 전에 어떤 사람이 지나가다가 큰빈이 보고 못생겼다고 하는 거야. 그래서 내가 조용히 하라고 했지. 큰빈이가 듣는 앞에서 못생겼다고 흉보면 안 돼. 얘는 다 알아들어. 그리고 우리 큰빈이가 얼마나 잘생겼는데!"

다시 큰빈이를 쳐다봤다. 큰빈이의 얼굴에서 웨스트민스터 도그쇼에서 그랑프리를 차지한 강아지의 표정을 보았다. 할머니가 큰빈이를 지극히 사랑하기 때문에 큰빈이는 그렇게 자신만만한 모습이 된 것이다.

그날 파도를 타고 불어오던 바람과 큰빈이의 늠름한 어깨에 내려앉은 햇살을 지금도 기억한다. 해운대 구석의 작은 벤치에서, 우연히 낯선 할머니를 만나 강아지에 대한 이야기를 듣는 동안 내 얼굴에 묻어 있던 도시의 먼지가 씻겨 내려갔다. 서울의 복잡한 관계들을 잊을 수 있었고, 나에게 무례했던 사람들에 대한 불쾌감도 잊을 수 있었다. 바람이 내 귓불을 간지럽힐 때마다 마음이 조금씩 너그러워졌다.

그 순간의 경험은 꽤 강렬했다. 할머니와의 만남이 나에게는 선물같이 느껴졌다. 알 수 없는 누군가가 나를 지극히 사랑하여, 내 마음이 부글부글 끓어오르기 시작하자 마침 할머니와 강아지를 내 앞으로 보내준 것만 같았다.

그 벤치에서 내가 들은 이야기를 한 단어로 표현하면 '사랑'이다. 할머니는 큰빈이를 사랑해서 큰빈이의 모든 것을 사랑했다. 할머니에게 큰빈이는 이 세상에서 가장 잘생긴 강아지였다.

사랑은 자신이 사랑하는 존재를 평가하거나 판단하지 않는 것이다. 사랑은 사랑하는 대상을 훈련시키는 것이 아니라 안아주는 것이다. 내 마음대로 상대를 평가하고 내 취향에 맞춰 상대를 고치려고 한다면 그것은 이미 사랑이 아니다.

특히 비난하면서 사랑한다고 말하면 듣는 사람은 사랑의 샘물을 얻는 게 아니라 혼란의 먹구름을 맞게 될 뿐이다.

언젠가 그 벤치에 다시 찾아갈 것이다. 다시 큰빈이를 만날 수는 없겠지만, 그때 내가 누렸던 기적과도 같은 순간을 다시 떠올려보고 싶다. 그날도 바람이 불면 좋겠다. 어쩌면 이 책은 할머니와 큰빈이를 만난 그 순간에 시작되었는지도 모른다.

낭만이 희미해진 시대의
연애

─────────── EBS 다큐멘터리 영화제 기간에 인터넷에 무료로 공개되는 다큐멘터리 영화들이 있다. 그중 보게 된 비비언 웨스트우드Vivienne Westwood 관련 다큐에서 비비안은 펑크록 스타일을 같이 창조했던 맬컴 맥라렌Malcolm McLaren과 헤어진 이유를 이렇게 설명했다. "어느 순간부터 제가 그를 앞서 나갔고 그는 제자리에 머물렀어요. 그의 사고방식은 변하지 않았죠. 지적으로 그에게 싫증이 났어요." 비비안의 말은 현대의 주도적이고 창의적인 여성들이 이성 관계에서 마주하는 어려움을 보여준다.

열정은 도파민의 일이고, 사랑은 영혼의 일이다. 어떤 관계가 십 년 이상 유지되려면 도파민 분비로 인한 열정만으로는 부족하다. 좋아하는 감정이 안정적인 관계로 발전하려면 두 사람이 같은 방향으로 변해가야 한다. 물론 쉬운 일은 아니다. 그래서 최근 젊은 여성들 사이에서는 '비혼'이 인기 있는 생활 방식으로 자리 잡았다. 어떤 여성들은 비혼뿐 아니라 비연애도 실천한다. 신념에 따라 절대로 연애 같은 것을 하지 않는 것도 좋은 선택이다. 연애가 의무가 되면 삶에 대한 상상력이 빈곤해질 수 있으니까.

여전히 낭만적인 연애를 꿈꾸는 여성도 많다. 연애는 좋은 것이기 때문이다. 삶이 지치고 고단할 때 자신을 잘 이해하는 연인이 주는 위로만큼 고마운 건 없으니까. 대체로 사는 게 힘들지 않나. 안 풀리면 안 풀려서 힘들고, 모든 게 잘 풀려도 외로움 때문에 힘들다. 외로움을 극복하기는 대다수 사람에게 평생의 과제이다. 그런데 가장 좋은 엔터테인먼트를 왜 마다하겠는가.

물론 연애를 한다고 해서 외로움이 완전히 사라지진 않는다. 또 연애에서 실패하는 것을 두려워하다가 연애에 실패할 수도 있다. 두려움은 자신을 향한 예언이 된다. 실패의 후유증은 예언을 현실로 만든다. 두려움이 클수록 연애에 부정적인 영향을 끼치는 행동을 하는데, 그러다보면 실제로 헤어지게 된다. 그렇다면 평탄한 연애만 좋고 비탈길을 걷는 연애는 나쁜 것일까?

긍정적으로 생각해보자. 실제로 불만스럽거나 실패한 연애일수록 교육적이다. 어려운 연애를 하고 나면 어쩔 수 없이 자신을 객관적으로 바라보는 눈을 갖게 된다. 자신을 객관적으로 보면 '잔인한 자기분석'의 시간을 거치게 된다. 여운이 오래 남는 실연일수록 더 가혹한 자기분석이 뒤따른다. 날카로운 메스로 자신의 마음을 해부해보지 않고서는 한때 자신의 일부였던 세계와 제대로 결별할 수가 없다.

실연은 애도의 과정이다. 애도는 고통스럽다. 애도는 상실한 대상 때문에 우는 것이자 이 세상에 태어난 슬픔 때문에 우는 것이다. 슬프지 않은 존재가 있을까? 엄밀하게 말하면 애도는 자기 자신에게로 돌아가는 과정이다. 인간의 영혼은 눈물이 빚어낸 진주이다. 인간은 비탄에 잠겨 슬퍼하기 때문에 서서히 회복하는 존재이다.

사랑이 위험하지 않을 리가 없다.
그래도 사랑에 빠지게 된다.

성숙한 관계란 위험의 파장을 알면서도
상대를 신뢰하는 것이다.

어느덧 연애를 하는 것은 매우 용감한 일이 되었다. 연애는 치유를 가져올 수도 있지만, 가장 치명적인 독이 될 수도 있는 물약을 성급하게 마시는 일이다. 그래도 어쩌겠는가, 가장 위험한 것이 유일한 치유의 열쇠인 것을.

스타벅스에서 조지 해리슨의
〈마이 스위트 로드〉가 흘러나올 때

──────────── 스타벅스에서 조지 해리슨의 〈마이 스위트 로드My Sweet Lord〉가 흘러나올 때, 나는 오랜 지인과 마주 앉아 있었다. 그는 눈물이 고인 눈으로 나를 쳐다봤다.

"내일이 오는 게 두려워요."

최근 남자친구와 헤어졌다고 했다. 같은 라디오 프로그램에 사연을 보내면서 알게 된 두 사람은 칠 년 이상 열애를 이어오고 있었다. 그러다가 남자가 직장을 옮기고 바빠지면서 주말에도 약속을 잡지 않는 날이 잦아졌다고 한다. 얼마 후, 그의 메신저 프로필 사진이 바뀌었다. 남자친구와 같이 찍은 사진에서 혼자 찍은 사진으로. 사진 속의 그는 더 예뻐졌으나 웃지 않았다.

사랑이 한결같다면 모든 근심이 힘을 잃을 것이다. 어떤 어려운 상황에 처하더라도, 처음 연인을 만날 때 느꼈던 강렬한 끌림 같은 동질감이 있다면 그 사람 손을 잡고 견딜 수 있기 때문이다. 올드팝송 가사처럼 사랑은 폭풍우 속의 피난처가 되어준다. 하지만 그토록 거대했던 사랑이 보잘것없는 먼지가 되어버릴 때도 있다. 모든 이야기가 해피엔딩은 아니듯.

그는 나에게 자신의 감정에 대해 말했다. "당장 내일 아침이 되면 끔찍한 기분으로 눈을 뜰 것 같아서 두려워요. 사이가 좋을 땐 아침마다 모닝콜을 받았는데, 그가 사라지면서 내 아침도 사라졌어요. 나를 모든 곳에서 차단했어요. 어떻게 그럴 수 있나요? 그가 나를 좋아하긴 한 걸까요?"

그가 가진 불안과 선량함을 알기 때문에 마음이 더 아팠다. 하지만 늘 전화기 앞에서 대기하게 만드는 남자와 사랑을 유지할 수는 없다. 그는 헤어지고 나서야 그 남자를 만나는 동안 얼마나 힘들었는지 깨달았다고 했다. 한편으로는 잘된 것 같다며, 그동안 힘들었다고 했다.

무심코 통유리창 너머에 있는 거리 풍경을 바라보았다. 한 남자가 만지작거리던 휴대전화를 들고 통화하기 시작했다. 건너편에서 어떤 여자가 달려오더니, 그 남자와 동시에 통화를 멈추고 말하기 시작했다. 남자가 여자의 손을 잡았다. 누군가는 만나고 누군가는 헤어진다.

마음이 아픈 날이 있다. 그런 날 자신이 좋아하는 음악을 들으면 그 음악이 더 특별하게 다가오기도 한다. 어느 해이던가. 마음이 툭, 목련꽃처럼 땅에 떨어져 검게 변했다. 그날도 스타벅스에서 조지 해리슨의 〈마이 스위트 로드〉가 나왔다.

우연히 들른 스타벅스, 〈마이 스위트 로드〉 때문에 오래 앉아 있었다. 오래전부터 알던 노래였는데 그토록 가슴을 파고드는 노래인지 몰랐다. 그 무렵 나의 마음이 조지 해리슨의 음악을 끌어당기고 있었나 보다. 어깨가 좀 쳐지고 신발이 작게 느껴졌다. 조지 해리슨의 음악을 들으며 그리움에 대해 생각했다.

인생은 무엇인가를 그리워하는 여정이 아닐까? 우리를 스쳐간 인연들과 그들과 함께 가버린 시간들. 기억은 영원히 가슴에 남지만 그들은 곁에 없으니까.

아무리 손을 내밀어도 그는 거기에 없다.
그것이 상실이다.

"우리는 무엇으로
   연결되어 있을까?"

─────────────── 영화 〈피터 래빗〉에서 주인공 피터
래빗은 동물 친구들과 함께 신나는 파티를 벌이다가 사색적
인 표정을 지으며 이렇게 말한다. "우리 모두 연결되어 있는
것 같아. 그런데 무엇으로 연결되어 있는 걸까?"

오래전에 기절한 적이 있다. 잠깐이었지만 그 짧은 순간에
이런 꿈을 꾸었다. 내가 탄 기차가 빛으로 가득한 풍경 속을
달리고 있었다. 기차 창문 밖으로 보이는 풍경은 이 세상의
모든 불완전함을 지울 수 있을 정도로 아름다웠다. 무엇보
도 놀라운 건, 그 기차 안에 있던 사람들의 감정이 느껴졌다
는 점이다. 낯선 사람들이었지만, 마치 수천 년 전부터 아는
사람들처럼 친근했다. 나와 그들의 마음은 모두 이어져 있으
며 아무 갈등도 없었다. 기차 안에 있던 우리는 떨어질 수 없
는 존재처럼 연결되어 있었고, 서로를 지극히 사랑했다. 내
마음에는 순수한 기쁨이 가득했다. 느껴본 감정 중 최고의
감정이었다. 그 꿈에서 깨어났을 때 나는 차디찬 도로에 쓰

러져 있었다. 잠시 기절했을 때 생애 최고의 꿈을 꾸었다.

우리는 모두 우주를 여행하는 나그네이다. 우리는 우주 열차에 타고 있는 승객이다. 어떤 사람은 앞자리에 앉아 있고 어떤 사람은 뒷자리에 앉아 있지만, 우리가 탄 열차는 같은 시각, 같은 목적지에 도착한다. 만일 우리의 목적지가 달이라면 우리 모두 같은 시간에 달에 도착한다. 인류는 같은 기차를 타고 있는 운명공동체다.

사람에게는 다른 사람이 필요하다.
우리를 연결하는 것은 사랑이다.

'너드 미'가 있었던
빌 게이츠

─────────────── 외국 블로그에서 봤던 빌 게이츠의
젊은 시절 모습이 떠올랐다. 너드nerd 같은 옷을 입고 서 있
다가 의자를 뛰어넘는 묘기를 부리는 영상이었다. 정말 '너
드 미美'가 넘쳤다.

빌 게이츠가 부럽다. 몇 년 전 그에 관한 기사를 읽은 후에
그가 더 멋있게 보였다. 그는 물 부족 문제를 해결하기 위한
연구를 주도해왔고 몇 년 전에 기계장치 개발에 성공했다.
기계장치로 배변물을 오 분간 정화한 후에 직접 마시는 모습
을 담은 홍보 동영상에서 빌 게이츠는 물을 마신 뒤 이렇게
말했다. "물이네요." 그때 얼마나 웃었던지! 그 장면을 보고
'빌 게이츠는 젊은 시절 너드의 모습으로 다시 돌아갔구나'
라고 생각했다.

나이가 어느 정도 있는 윈도 사용자라면 빌 게이츠를 원망
해본 적이 있을 것이다. '치명적인 오류'와 '블루 스크린'에
대한 기억이 있을 테니까. 치명적인 오류는 늘 다급한 순간
에 나타났는데, 어조도 치명적이라서 컴퓨터에게 크게 당하

는 기분이 들었다. 그런데 빌 게이츠는 자신의 악명에서 벗어나는 방법을 찾은 것처럼 보였다. 은퇴 후, 독점 문제가 있던 기업의 CEO에서 자선가를 겸한 너드로 돌아갔으니까.

빌 게이츠는 엄청난 돈을 들여 배설물을 정화하는 기계장치를 물 부족 국가에 설치했다. 2009년에는 물리학자 리처드 파인만의 강의 저작권을 사서 그의 강의 동영상을 무료로 공개했다. 레오나르도 다빈치의 필사본 공책 하나를 구매해서 무료로 공개하기도 했다. 몇 년 전엔 오 조 원이 넘는 주식을 말라리아 퇴치운동에 기부했다. 그리고 유전자를 조작해 말라리아모기를 불임으로 만드는 기술개발을 지원하고 있다.

물론 빌 게이츠가 자선가로 우아하게 늙어갈 수 있는 배경에는 막대한 재산이 있다. 돈이 많은 사람이 모두 자선가가 되는 건 아니지만 자선가가 되려면 일단 재력이 있어야 한다. 나는 그런 재력이 생기면 삶이 어떻게 달라지는지 알지 못한다. 나 같은 평범한 사람은 감히 상상해볼 수도 없는 정도의 부니까. 세계적인 부자들은 매우 바쁘다고 한다. 엄청난 부를 관리하기 위해 많은 것을 결정하고 처리해야 하기 때문이다. 그렇게 단순히 재산을 관리하기 위해 인생을 바치고 싶지는 않지만 다른 사람을 돕는 데 자신의 재산을 사용하는 사람들은 대단해 보인다.

이렇게 생각한 적이 있다. '빌 게이츠처럼 돈이 많으면 나도 자선사업 하면서 많은 사람을 돕고 평화롭게 늙어갈 거야.' 하지만 나에게 빌 게이츠같이 뛰어난 사업수완이 갑자기 생길 리 없기 때문에 글을 통해 다른 사람들을 돕고 싶다. 몇 년 전에 마음이 약한 사람을 돕고 싶다고, 무심코 일기장에 쓴 적이 있다. 그리고 잊어버리고 있었다. 이 책을 쓰려고 결심했을 때 우연히 그 일기를 다시 읽게 되었다.

글을 통해 마음이 약한 사람에게 따뜻한 온기를 전하고 싶다. 이 글을 읽는 당신이 따뜻함을 느낀다면 나는 더 행복해질 것이다.

⊘ 젊은 시절의 빌 게이츠를 떠올리면서 잠깐 생각해봤는데 나에게도 너드 기질이 조금 있다. 나는 호기심이 많아 너드가 되었다. 어린 시절부터 우주를 비롯한 과학에 관심이 많았고, 궁금한 것이 생기면 참지 못해 시내의 대형 서점에 가서 책을 뒤적였고 지금은 검색을 매우 많이 한다. 글 쓰는 직업 때문에 혼자 있는 시간이 많다보니 인터넷 마니아가 되었다. 그러다보니 외국의 너드들이 만든 블로그를 자주 방문하게 되었고, 한국인보다 인터넷에서 만난 외국인에게 더 큰 동질감을 느끼기도 한다. 사실이다. 특히 너드들의 '기묘한' 유머 코드를 좋아한다.

남을 돕지 않으면
아무도 나를 돕지 않는다

——————————— "인생에서 중요하게 생각하는 가치가 무엇인가?"라고 누군가 물으면 이렇게 대답하곤 했다. "남을 돕고 그것으로 나를 돕는다."

남을 도우면서 나를 돕고 싶다. 이것은 나에게 중요한 가치이며 내가 방송작가 일을 시작했던 이유이기도 하고 글을 쓰고 강의를 하는 이유이기도 하다. 무엇보다 이 책을 쓰는 이유이기도 하다.

상담심리를 공부할 때 한 교수님이 이런 말씀을 해주셨다. "상담공부를 하는 사람들은 헬퍼helper 기질이 있어서 이기적으로 살려고 해도 잘 안 된다. 그런데 자신을 잘 챙겨야 투사投射가 적게 일어난다."

자신을 잘 돌보지 않으면 잘 나가는 다른 사람의 겉모습만 보고 박탈감을 느낄 수 있다. 그럴 때 자신의 부정적인 모습을 다른 사람에게 투영하는 것, 내 것을 남의 것이라고 생각하는 투사 현상이 쉽게 나타난다. 남과 자꾸 비교하는 까닭은 자신에게 만족하지 못하기 때문이다. 그런 사람은 진정한 의미에서 남을 도울 수가 없고 오히려 상처를 주기 쉽다. 그렇기 때문에 남을 돕는 것은 쉬운 일이 아니다.

하지만 인간은 모두 남을 도울 수 있다. 남을 돕는 것이 반드시 거창한 사업일 필요는 없다. 빌 게이츠처럼 막대한 금액을 자선사업에 쓸 수는 없지만, 우리의 재능으로 다른 사람을 도울 수 있다. 예를 들어 위트 있는 농담을 잘하는 사람이 직장에서 분위기 메이커가 된다면, 그것처럼 남을 이롭게 하는 일은 없을 것이다. 또 직업으로도 남을 도울 수 있다. 나 역시 방송작가가 처음 되었을 때, 몸이 아파서 집에서 TV 프로그램을 보던 시절을 떠올렸다. 그때 나에게 TV가 유일한 오락거리였듯 어느 누군가에게는 내가 만드는 프로그램이 웃음을 주기를 바랐다. 이렇게 생각하면 우리가 남을 위해 할 수 있는 일은 무궁무진하다.

중요한 건 마음이다. 무엇을 하든 어떤 마음으로 하느냐에 따라 남에게 해를 끼칠 수도 있고 남을 도울 수도 있다. 고故 윤한덕 국립중앙의료원 중앙응급의료센터장이 심쿵이(자동심장충격기)에 적기를 바랐던 안내 문구는 이랬다. "당신이 남을 돕지 않으면 누구도 당신을 돕지 않게 됩니다." 이 말처럼 적절한 문구가 있을까?

만일 당신이 길에 혼자 쓰러져 있다면 당신을 살리는 사람들은 자기 일을 멈추고 들여다보는 사람, 이웃의 아픔을 보고 지나치지 못하는 사람, 다른 이를 사랑하는 것이 행복으로 가는 유일한 길임을 아는 사람들이다. 당신을 살리는 사람은 결코 이기적인 사람이 아니다.

어린 시절 몸이 아파 길에서 의식을 잃고 갑자기 쓰러진 적이 있었다. 버스 정류장 앞 도로 위에 쓰러졌다. 다행히 인도에서 크게 벗어나지 않았다. 그때 만일 차도로 쓰러졌다면, 그리고 주변에서 버스를 기다리던 사람들이 나에게 다가와서 살펴주지 않았다면, 더 위험한 상황에 놓였을 것이다. 그분들을 지금 모두 기억하지는 못하지만, 당시 나를 도와준 분들을 비롯해 살아오면서 만난 수많은 인연에게 감사한다.

어려운 시절을 겪으면 좋은 점도 있다. 그중 하나는 이것이다. 가장 어두운 때 당신을 사랑하는 사람이 가장 잘 보인다는 점. 세상살이가 힘들수록 도움이 필요할 순간이 자주 생긴다. 그렇기 때문에 도움이 필요한 타인의 손을 잡아주어야 한다.

당신에게 꽃을 준 사람은
그 전에 누군가에게 꽃을 선물 받은 적이 있는 사람이다.

내일을 위한
시간을 달리자

** 영화 〈내일의 위한 시간〉의 결말이 포함되어 있습니다.

─────────── 우울증에 걸리면 현실을 아무 필터 없이 바라보게 된다. 대체로 사람들은 필터를 사용해서 현실을 실제보다 더 근사하게 본다. 긍정적인 생각회로가 작동할 때 세상은 그럭저럭 지낼 만한 곳이 되고 반짝이는 순간도 많이 발견할 수 있다. 그렇지만 어떤 이유 때문에 이 필터를 사용할 수 없을 때, 현실의 잔혹함이 그대로 드러난다. 우울증을 이겨내면 지혜와 통찰을 얻게 되지만, 그 과정이 결코 쉽지 않기 때문에 무기력해지고 절망에 빠진다.

다르덴Dardenne 형제의 영화 〈내일을 위한 시간〉에 나오는 주인공 산드라는 우울증을 앓고 있다. 어느 날 복직을 앞둔 산드라에게 한 통의 전화가 걸려온다. 회사 동료들이 그녀의 복직에 반대했다는 것이다. 회사에서 산드라의 복직과 천 유로의 보너스 중 하나를 택하는 투표가 있었는데 회사 동료들은 산드라의 복직 대신 보너스 받는 것을 선택했다. 하지만 월요일 아침에 재투표가 결정되자, 산드라는 주말 동안 동료

열여섯 명을 한 명씩 찾아가서 보너스를 포기하고 자신의 복직을 선택해달라고 설득한다. 거의 모든 동료에게 돈이 필요한 절실한 사정이 있었다. 그들을 한 명씩 만나 설득하며 산드라는 낙담에 빠지기도 하고 감정이 폭발하기도 한다.

결국 산드라는 복직에 성공하지는 못했다. 하지만 실패한 것일까? 나는 성공했다고 생각한다. 그는 자신에게 필요한 것을 얻기 위해 감당하기 어려운 현실을 일일이 마주했다. 우울증 환자에게 결코 쉬운 일이 아니다. 산드라는 계속 상처받았지만, 만일 시도조차 하지 않았다면 동료들에 대한 배반감과 분노만 남았을 것이다. 그가 동료들을 한 명씩 방문해 대화를 시도했기 때문에 그들의 어려운 처지를 알게 되었고, 그들이 자신을 미워해서 몰아내지 않았다는 것도 알게 되었다. 게다가 자신이 그토록 대단한 일을 해냈다는 성취감도 느꼈을 것이다.

성취감은 짧은 순간에 지나가는 행복과는 다르다. 그것은 행복하지 않은 순간에도 자신이 앞으로 나아가려고 했다는 의지의 확인이며, 인간의 하찮은 발자국이 위대함에 가까이 다가가는 과정이다. 삶은 여정이다. 결과가 아니다. 우리는 과정에서 빛난다.

나아갈 수 있다는 것. 함께 갈 수 있다는 것.

이것이 불확실한 세상에 던져진

고독한 인간에게 주어진 희망이다.

믿음이란 불확실성에서 피어나는 꽃이다.

해운대 구석의 작은 벤치에서,
우연히 낯선 할머니를 만나
강아지에 대한 이야기를 듣는 동안
내 얼굴에 묻어 있던
도시의 먼지가 씻겨 내려갔다.

2

서서히 일어나
미소를 지었다

모닝커피 파워,
해답은 의외로 단순하다

주말이던 그날엔 아침부터 정오까지 기운이 하나도 없었다. 오후 한 시 정도 되면 나아질 거라고 생각했지만 두 시가 지나도 나아지지 않았다. 오후 다섯 시 무렵에 친구와 약속이 있었다. 친구를 만나기 위해 홍대 거리에 도착했을 때까지도 기분은 무겁고 다리는 느렸다.

친구를 만나 밥을 먹고 카페에 가서 커피를 한 모금 마시자마자 깨달았다. 눈앞에서 말 그대로 번개가 '번쩍' 하는 느낌이 들었기 때문이다. '아, 이것이 카페인 중독이구나. 나는 그동안 커피를 너무 많이 마셨구나.' 죄책감을 느끼며 인정해야 했다. 주말이라 오전에도, 오후에도 커피를 마시지 않았기 때문에 카페인이 부족해서 나타난 금단증상이었던 것이다. 게다가 내 친구도 나처럼 똑같이 카페인을 섭취하자마자 눈앞에 번갯불이 지나가는 경험을 했다고 했다. 우정은 이렇게 소중하다. 참된 우정을 나눌 친구가 있다는 것은, 어떤 기이한 경험도 우주에서 나 혼자만 겪지 않는다는 것을 의미한다.

그날 이후 나의 카페인 중독에 대해 생각했다. 원인은 잘 알고 있다. 방송국에서 일하는 날에는 아침부터 커피를 많이 마셔댔기 때문이다. 심지어 커피를 마시고 싶지 않을 때도 계속 마셨다. 스트레스 반응이었다.

이것은 하나의 메타포다. 피곤하고, 무기력하고, 다리에 힘이 없고, 앞날이 깜깜해 보이고, 세상이 무너지는 느낌마저 잠깐 들었는데, 무시무시한 어둠의 저주 때문이 아니라 단지 커피 한 잔이 부족했기 때문이었다. 열쇠는 의외로 단순할 때가 많다.

내가 두고 온
아픈 마음

──────────── 어느 여름, 무더위 끝에 비가 내렸다. 여행을 떠나기 전, 몇 년 동안 새벽부터 쉬지 않고 일을 했었다. 새벽에 일어나 원고를 쓰기 시작해서 몇 개의 프로그램에 보낼 원고를 온종일 썼다. 방송국에서도 계속 썼고, 방송국과 또 다른 방송국을 오가면서도 머릿속으로 원고를 구상했다. 말 그대로 화장실 갈 시간을 아껴서 원고를 썼다. 물론 원해서 무리하게 일을 많이 한 것이 아니었다. 당시엔 내가 감당할 수 없을 정도로 많은 돈이 필요했기 때문에 일을 평소의 세 배 이상 해야만 했다. 그렇게 새벽부터 잠잘 때까지 시간에 쫓기면서 온종일 손가락 마디마디가 아플 정도로 몇 년간 글을 썼다.

하루는 참아왔던 감정이 폭발해서 새벽에 일어나 한바탕 울고 말았다. 눈물이 멈추지 않았지만 계속 원고를 썼다. 도망가고 싶었지만 그럴 수 없었다. 병원에 있는 어머니가 언제 돌아가실지 모르는 상황이었기 때문에 마음을 놓을 수 없었다. 그래서 아침부터 여러 방송국을 다니면서 일하고 밤

아홉 시에 병원으로 퇴근해서 어머니를 돌봤다. 지나친 긴장과 부담감 때문에 심장이 갑자기 멎지 않을까 걱정할 정도였다. 겉으로는 냉담함을 유지했지만 마음은 산산조각이 나고 있었다. 그런 생활을 하다가 몇 년 만에야 겨우 휴가를 가게 되었다. 해운대였다.

일행들은 여행을 자주 하는 친구들이라서 내게 '부산감식법'을 가르쳐주었다. "부산에 가면 이곳에 가서 이걸 먹어야 하죠." "여기서 이런 앱으로 동영상을 찍으면 해변이 옛날 영화처럼 보여요." 부산에 관한 모든 것이 듣기 좋았다. 아침마다 숙소에서 나와 해변에 있는 스타벅스에 갔는데 그저 꿈만 같았다. 커피 향을 맡을 때 파도 소리가 들렸으니까. 그 여행이 좋았다, 사무치도록. 지금 나는 그때 해변에서 빈티지 필름 효과를 내는 앱으로 동영상을 찍던 순간을 떠올린다. 동영상을 찍는 동안 시간여행 영화 속의 인물이 되어, 과거 어느 곳에 불시착했다. 그리고 아픈 마음을 그 시간대에 두고 돌아왔다.

그때부터 해운대에 가면 제일 먼저 스타벅스에 갔다. 그곳에선 여행지에서 느끼는 가벼운 불안이 가라앉곤 한다.

나는 본래 여행하기보다는 집에 머무는 사람이다. 어린 시절에는 고양이처럼 익숙한 공간을 좋아했다. 나처럼 낮선 곳에 서툰 사람들은 반복되는 패턴을 지켜 안정감을 느끼려고 한다. 예를 들면 카페에 가서 늘 앉던 자리에 앉고, 운전을 할 때는 늘 가던 길을 가는 식이다. 여행지에서도 이런 일이 일어난다. 해운대에 가면 자주 가던 스타벅스를 먼저 찾아가 그 장소에 인사했다. 그 행위가 나에게 안정감을 주었다.

지금 상상할 수 있다. 겨울의 해운대에선 오래전에 내가 두고 떠나온 눈물들이 눈이 되어 아름답게 내릴 것이다. 과거의 힘든 순간들이 없었다면, 오늘의 내가 존재할 수 없다. 그렇기 때문에 과거의 슬픔도 사랑한다. 눈물이 눈송이가 되는 기쁨은 내가 내면으로 여행을 떠난 사건의 **후유증**이다.

내가 두고 온 아픈 마음은 파도와 함께 쓸려갔다.

넘어지지 않을 수는
없으니까

──────────── 얼마나 자주 넘어졌던지, 어릴 때 부모님은 나에게 비탈길에서 놀지 말라는 주의를 자주 줬다. "조심해야 돼. 너는 자주 넘어지잖아. 비탈길에서는 뛰지 마라. 그러다가 무릎이 까져서 흉이라도 남으면 어쩌니?" 부모님의 말씀을 듣고 나서 넘어지는 것을 두려워하게 되었다. 또 무릎에 흉이 남는 것이 좋지 않은 일이라고 생각하게 되었다. '몸가짐을 단정히 해야 한다'는 가정교육과 학교교육의 영향 때문에 방문을 닫을 때도 손잡이를 끝까지 잡고 지그시 눌러 살짝 닫곤 했었다. 문짝이 '쿵' 하고 소란스럽게 닫히면서 제 풀에 넘어지기라도 하면 어쩌나 싶어서.

부모님은 나를 지극히 사랑했고 여러 면에서 훌륭한 분들이었지만, 그 말씀은 옳지 않았다. 어린아이 무릎에 생긴 상처는 금방 사라진다. 어릴 때 생겼던 자잘한 흉터 중에 자라면서 사라지지 않은 것은 하나도 없다. 아이들은 놀라운 회복력을 가진 존재들이니까.

넘어지는 것에 관해서라면 배트맨을 따를 자가 없다. 영화

〈배트맨〉에서 브루스 웨인과 알프레드 집사가 보여주는 '예의 바른' 브로맨스는 "우리가 넘어지는 것은 일어서는 법을 배우기 위해서입니다"라며 알프레드 집사가 손을 내미는 장면에 이르러 절정에 달한다. 나는 잘 넘어지는 아이였기 때문에 이 대사를 듣고 알프레드 집사를 사랑하게 되었다. 그의 따뜻한 돌봄에 큰 감명을 받았다. 부모님을 떠나보낸 뒤에는 나 역시 고아의 기분이었기 때문에 알프레드 같은 집사가 있다면 얼마나 좋을까 하고 생각한 적이 있다. 부럽다, 배트맨. 그리고 알프레드 집사에게 감사의 마음을 보낸다. 알프레드는 치유자healer의 영혼을 가진 사람처럼 보인다.

넘어지지 않을 수는 없지만, 빨리 일어날 수 있도록 근육의 힘은 키울 수 있다. 넘어짐과 일어섬의 과정을 통해, 이전의 나보다 더 큰 사람이 되어간다. 인간은 모두 제각기 다른 재능과 잠재력이 있다. 어떤 잠재력은 위기를 만났을 때에야 비로소 튀어나와 계발된다. 그것이 가혹하다는 것을 알고 있다. 하지만 넘어질 때 손을 내밀어주는 사람도 있으니 그래도 인생은 좋은 것이다.

"알프레드, 내 손을 잡아줘."

우울은
사랑하는 능력에 따르는 부작용이다

──────────── 내가 읽은 최고의 책 중 하나는 앤드루 솔로몬Andrew Solomon의 《한낮의 우울》이다. 철학적이고 시적인 첫 문장에 사로잡히고 아름다운 문장에 반해서 읽기 시작했다. 《한낮의 우울》은 이렇게 시작한다. "우울은 사랑이 지닌 결함이다. 사랑하기 위해서는 자신이 잃은 것에 대해 절망할 줄 아는 존재가 되어야 한다." 그리고 책의 말미에서 그는 이렇게 설명한다. "우리는 두려움을 느낄 만큼의 상실감을 경험하지 않는다면 강한 애정을 가질 수 없다. 사랑이 깊고 넓어지려면 슬픔이 개재되어야 한다."

중증 우울증을 앓던 저자의 우울증을 촉발시킨 여러 원인 중에 어머니의 죽음도 있었다. 그러니까 나는 그 책을 읽으면서 어머니와의 이별을 준비했던 셈이다. 십여 년 전에 온몸이 마비되어 누워 있던 어머니를 돌보면서 읽었으니까.

사랑은 환희에 가까운 긍정적인 기분을 만들어낸다. 하지만 사랑은 우리가 완전하지 못하기 때문에 늘 도전받는다.

사랑에 빠지면 사랑을 잃을까봐 염려한다. 부모님이 약속한 귀가 시간을 한참 지나서도 돌아오지 않을 때 아이들은 불안을 느낀다. 창문으로 스며드는 바람 소리에도 두려움이 묻어 날아든다. 즐거운 파티를 기대하며 간 모임에서 그들과 섞일 수 없다는 사실을 확인하고 돌아설 때, 내가 믿었던 사람이 신뢰할 수 없는 이중인격자임을 알게 됐을 때, 그들에게 기대하고 신뢰했던 내 자신을 어떻게 받아들여야 하는가? 내가 그저 순수했을 뿐이라고 말하면 더 외로워진다. 우리가 사랑했던 모든 것은 우리의 기대에 못 미친다. 그만큼 나는 나에게 절실하고, 그들은 그들 자신에게 절실하다. 실존주의 철학자들이 말하듯 인간의 조건은 절대적인 고독과 유한성이다. 어떻게 상실의 슬픔을 이겨낼 수 있을까?

우울은 사랑에 도달하기 위해 거치는 감정이다. 두려움 없는 사랑을 향해 나아가는 길에 우울이라는 긴 터널이 있다. 상실의 아픔을 충분히 겪어냈을 때, 더 성숙한 자신을 만나게 된다. 한층 자란 모습으로 사랑하기 위해 길고 긴 우울을 겪는다.

캐나다 싱어송라이터인 레너드 코헨의 노래 〈송가Anthem〉에는 이런 가사가 있다. "모든 것에는 틈이 있어, 그렇게 빛이 들어오는 거야There is a crack in everything. That's how the light gets in."

> 우울이라는 마음의 균열을 통해
> 사랑이라는 완전함이 들어온다.

얼마 전 놀이공원에 갔을 때, 커다란 헬륨 풍선을 들고 가던 아이가 울음을 터뜨리는 모습을 보았다. 손에 들고 있던 풍선이 하늘 높이 사라지는 장면을 보면서 울음을 터뜨린 것이었다. 이십 대 시절의 나였다면 그 아이의 눈물을 통해 내가 놓쳤던 풍선들을 떠올렸을 것이다. 하지만 그때 나는 그 아이의 눈물에서 보석처럼 반짝이는 빛을 보았다.

토르의 마음은
따뜻할까?

──────────────── 장마철이었다. 거대한 물줄기가 하늘에서 떨어지고 천둥 번개가 칠 때마다 '트위터 인간들'은 토르가 내한했다는 트윗을 올렸다. 귀여운 사람들. 나는 그들의 위트를 사랑한다.

마블 시네마틱 유니버스Marvel Cinematic Universe, MCU(마블 코믹스의 만화 작품에 기반하여, 마블 스튜디오가 제작하는 슈퍼히어로 영화, 드라마, 만화, 기타 단편 작품을 공유하는 가상 세계관이자 미디어 프랜차이즈)에 나오는 여러 영웅 중에 토르와 그루트를 가장 좋아한다. 마블 영화의 열렬한 팬은 아니었지만 몇 편의 영화를 좋아하게 되었다. 특히 〈토르: 라그나로크〉의 유머 코드가 마음에 들었다. 게다가 내가 좋아하는 가수 레드 제플린이 부른 이 영화의 삽입곡 〈이미그런트 송Immigrant Song〉 역시 좋아했기에 토르가 그 음악에 맞춰 전투할 때는 "와" 하고 박수를 치며 자리에서 일어날 뻔 했다.

토르에 관한 정보를 검색하다가 외신에서 이런 문구를 접했다. "토르는 상실을 너무 많이 경험했기 때문에 좋은 친구가 될 수 없을 것이다" 토르는 어머니, 아버지를 잃었고 나중에는 동생 로키까지 잃었다. 하지만 그가 상실의 아픔 때문에 좋은 사람이 될 수 없다는 문장은 어처구니 없게 느껴졌다. 큰 상실을 경험한 사람은 인성이 뒤틀린다는 세간의 믿음은 잘못되었다. 내 생각은 그와 반대다. 오히려 아무것도 잃어본 적 없는 사람이 가장 무서운 괴물이 된다고 생각한다.

인간은 자신의 경험을 통해 타인의 아픔에 공감한다. 잘 공감하려면 일단 자신이 많이 겪어봐야 한다. 상상할 수 있는 고통에는 한계가 있으니까. 내 경우를 생각해봐도 그렇다. 모든 것이 원하던 대로 흘러갈 때는 타인의 아픔에 민감하지 않았다. 그저 밝은 것, 기분을 좋게 하는 것만 봤다. 다른 사람이 자신의 아픈 이야기를 내 앞에서 하지도 않았고, 사실 나조차도 그런 이야기를 나에게 하지 못하도록 접근 금지의 분위기를 은근히 풍겼다. 그러던 내가 어려움을 겪은 뒤 변했다. 이제야 로봇에서 인간이 된 기분이다.

실제로 심리학에서도 적절한 좌절은 훌륭한 인격을 만드는 조건이라고 한다. 아픔을 충분히 경험하지 못한 사람은 어려움에 빠진 타인에게 냉정한 모습을 보이고, 인간적인 깊이가 없는 사람이 되고 만다. 그래서 미래에는 토르가 더 따뜻하고 너그러운 존재로 성장할 것이라고 상상해본다.

토르는 누이이자 강력한 적인 헬라와 전투하는 과정에서 고향 별을 송두리째 날려버린다. 고향 별이 우주의 먼지로 변하는 모습을 보는 토르의 마음은 어땠을까? 그는 이미 많은 상실을 경험했지 않나. 현명한 토르는 이런 말을 남겼다. "아스가르드(토르의 고향)는 장소가 아니라 백성이다 Asgard is not a place, it's a people."

고향은 장소가 아니라 사람이다. 고향 별은 사라졌지만 고향 사람들은 구할 수 있었다. 중요한 것은 사람을 구하는 것이다. 사람은 서로를 보살피는 관계를 통해 공동체를 만들어간다. 소속감은 연결에서 나오며, 연결감은 나와 우리 사이에서 일어나는 가장 아름다운 마법이다.

여백에 대한
공포

──────────── 사회생활을 하다보면 여러 가지 어
려움을 겪는 사람들을 만나게 된다. 그들을 보며 과연 '심리
적으로 건강하다'는 표현이 진정 무엇을 의미하는지에 대해
의문이 생겼다. K와 Q라는 두 사람을 예로 들어보자. K는 적
응력이 뛰어나고 거짓말도 적당히 잘하고 자신의 이익을 증
대시키는 데 능숙하며 상처도 적게 받고 조직에서 잘 나간
다. Q는 도덕심이 강하고 남에게 싫은 소리를 잘 못해 거절
을 못할 때도 많고 그러다보니 경미한 우울증도 생겼다. 그
런데 Q는 약자들을 위해서라면 있는 힘을 다 짜내 나선다.
단순한 비교는 어렵겠지만, 두 사람 중에 누가 더 건강하다
고 말할 수 있을까?

'상처 입은 치유자wounded healer'라는 표현을 좋아한다. 상
담공부를 하게 되었을 때, 칼 융을 좋아하는 교수님이 매주
설명하셨던 개념으로 '상처입고 좌절하였으나 그것을 극복한
치유자'라는 의미이다. 고난을 겪어본 적이 없는 사람은 남을

돕는 데 한계가 있다. 어려운 처지의 사람을 이해하는 마음은 그렇게 쉽게 주어지지 않는다. 고난을 이겨내고 자신의 상처를 극복하고 성장한 사람만이 진정한 치유자가 된다. 내가 생각하는 '심리적으로 건강한 사람'이란 이런 사람이다.

다양한 경험을 하며 건강하지 않은 것처럼 보이는 사람이 나중에 더 건강해질 가능성이 있다고도 생각하게 되었다. 자신이 깨어지는 경험을 하지 않으면 진정한 건강에 도달하기 어렵다. 한번 깨어진 그릇이 회복되면 훨씬 더 큰 그릇이 되어, 아픈 이들을 그 안에 담아 성장시켜줄 수 있다. 이런 믿음은 당신의 인생을 획기적으로 바꿀, 위대한 첫 발자국이 될 것이다.

왜 사람들은 마음이 아플까?

성장을 추구하기 때문에 아픈 것이다.

더 나은 내일을 원하기 때문에 자책하고 갈등을 겪는다.

구스타프 클림트의 풍경화에는 무시무시할 정도로 여백이 없다. 그 그림들을 보면 '호로 바쿠이Horror Vacui'라는 표현이 떠오른다. '여백에 대한 공포'라는 뜻의 이 표현은, 중세 수도사들이 필사하던 책의 여백에 빽빽하게 그려 넣은 반복적인 문양에서 유래했다고 한다. 내 눈에 클림트의 풍경화는 매우 아름다운 강박의 결정체로 보인다. 강박적 성향이 그림의 개성을 만들어낸 것이다. 위대한 창작품은 이렇게 결함처럼 보이는 것으로부터 탄생할 때가 많다.

사람들이 모두 슈퍼히어로로 태어난다면 개인의 고통은 확실히 줄어들 것이다. 그런데 우주가 그렇게 설계되지 않은 이유가 분명히 있다고 생각한다. 결함처럼 보이는 것들이 새 것을 만들어내는 동력이나 재료가 된다. 이렇게 생각하면 자신의 약점을 너그럽게 받아들일 수 있게 된다.

나는 건강 문제로 어릴 때부터 괴로움을 겪어왔고 지금도 어느 정도는 그렇다. 만일 내가 아프지 않았다면 현재의 나는 없었을 것이다. 내가 가지고 있는 모든 단점이 글을 쓰는 동기가 되었다. 아프지 않았다면 작가가 되지 않았을 것이고, 남에게 공감하지도 못했을 것이고, 다른 사람의 이야기를 이처럼 사랑하지 못했을 것이다. '내가 약할 때 강하다'는 사도 바울의 말을 이처럼 절실하게 이해하게 되기까지 오랜 시간이 필요했다.

최초로 강아지가 되기로 한
늑대 이야기

——————————— 실패하고 나면 자신을 탓하게 된다. 좌절을 겪으면 '왜 나한테 이런 일이 일어났을까' 하고 생각하며 시간을 보낸다. 마음은 타들어가지만 해답은 쉽게 찾아오지 않는다. 그런데 관점을 바꿔보면 실패는 더 큰 목적을 위한 과정의 일부라고 깨닫게 된다.

언젠가 트위터에서 '최초로 개가 되기로 한 늑대는 어떻게 사람을 믿을 수 있었는지 궁금하다'라는 글을 본 적이 있다. 글을 쓴 분이 누구인지는 모르나, 그분의 진심을 느꼈다. 나 역시 사람들에게 극도로 실망하여 어느 누구도 가까이하고 싶지 않다고 생각한 적이 있으니 말이다. 그 생각 때문에 힘들었다. 하지만 이제 나는 사람을 믿는다. 게다가 지난 몇 년간 상담공부를 하면서 심리적 내면세계가 완전히 재편되었다. 더 이상 절망의 그늘을 바라보지 않는다. '사람은 연결되어 있고 우리는 서로에게 희망이 될 수 있다'는 긍정적인 메시지를 더욱 믿게 되었다.

다음 이야기는 내가 지어낸 짧은 우화다. 물론 과학적인 사실과는 거리가 멀고 오드아이였던 영국의 록스타 데이비드 보위의 모습에서 영감을 얻었다.

최초로 강아지가 되기로 한 늑대가 있었다. 그 늑대는 좌우 눈동자 색깔이 달랐다. 그래서인지 늑대 무리에서 따돌림을 당했다. 눈동자 색깔이 이상했고 다른 늑대들처럼 싸움을 좋아하지 않기 때문이다. 왕따가 된 오드아이 늑대는 동료들이 먹이를 다 가로채서 먹이를 구할 수가 없었다. 거의 굶어죽을 지경이 되었을 때, 그는 구슬픈 울음소리를 내며 땅에 쓰러졌다.

마침 숲의 신이 그의 곁을 지나가다가 울음소리를 들었다. 대지의 한숨 같기도 하고 낭떠러지를 맴도는 메아리 같기도 했다. 숲의 신은 그를 불쌍히 여겨 콧잔등에 따뜻한 온기를 불어넣었다. 그리하여 늑대는 강아지의 마음을 갖게 됐다.

숲의 신은 강아지가 된 늑대에게 선한 사람을 보냈다. 선량한 사람은 그를 구조했다. 그후 강아지가 된 늑대는 인간의 집에 같이 살며 인간이 남긴 음식을 얻어먹었다. 사람과 같이 생활하면서 탄수화물을 잘 소화하는 능력이 생겼고 인간에게 귀여움을 받기 위한 행동을 배워나갔다.

강아지가 된 늑대는 인간의 곁을 떠나지 않고 인간에게 온 마음을 다해 사랑을 주었다. 그는 자신을 구조해준 사람에게 감사하는 마음을 단 한 번도 잊지 않았다. 숲의 신은 그에게 이 세상에서 가장 값진 선물, 즉 신의를 지키는 습성을 선물한 것이다.

최초의 강아지는 자신의 실패를 통해 전과는 다른 성숙한 존재가 됐다. 늑대 무리에서는 알파가 되지 못했던 그의 삶은 새로운 역사를 향한 첫발자국이 되었다. 강아지가 없는 인간의 삶을 상상해보면 그의 실패가 얼마나 값진지 알 수 있다. 나 역시 강아지가 없는 인생을 상상할 수 없기에 최초로 강아지가 되기로 한 늑대에게 한없이 고마움을 느낀다. 그를 기념하는 동상이라도 세우고 싶다.

모든 사람은 실패를 한다. 그리고 자신을 탓하거나 남을 탓하거나 상황을 탓한다. 모두 맞다. 자신의 약점과 남의 단점, 불리한 상황, 불행 등 여러 조건이 실패를 부른다. 그런데 이것은 더 큰 목적을 위한 시작이 될 수도 있다. 그리고 강아지가 된 늑대가 싸움을 싫어하고 배려심을 갖고 싶어했던 것처럼, 실패한 사람에게도 좋은 의도가 있었을 것이다. 그것을 알아가는 과정에서 자아가 성장한다.

인생에서 실패를 피할 수 있는 방법은 없다. 그렇기 때문에 실패한 후에 빨리 일어설 수 있는 회복력을 키우는 것이 중요하다.

당신이 깊은 좌절의 늪을 걸을 때, 강아지가 된 늑대 이야기를 들려주고 싶다.

나는 언제나 이름 모를 당신 곁에 있다. 행운을 빈다.
실패를 경험하는 사람들이 더 행복해지기를 바란다.

같은 돌부리에
계속 넘어질 때

──────────── 우리는 살아가는 동안 같은 자리에서 넘어지는 실수를 반복한다. 걸려 넘어지는 돌부리는 늘 거의 비슷한 모습이다.

중대한 실수를 반복할 때, 저주에 빠진 듯한 기분을 느끼곤 한다. 말 못할 고통을 겪기도 한다. 왜 어떤 사람은 계속해서 나쁜 파트너를 만나서 고생할까? 왜 어떤 사람은 믿었던 친구에게 사기 당하는 경험을 반복할까? 비슷한 문제를 반복해서 겪는 사람을 볼 때마다 이렇게 말해주고 싶다. "실수의 원인이 되는 문제가 치유의 기회를 간절히 기다리기 때문이에요"라고. 지금은 해결하지 못하더라도, 나중에는 해결할 수 있을 테니 좌절하지 말라고.

모든 것은 변한다. 관계도 변한다. 첫 번째, 두 번째, 세 번째 나쁜 파트너를 만났던 사람이라도 네 번째에는 소울메이트를 만날 수 있다. 때로는 한 파트너와 평생을 같이 하는 동안 그 사람과 자신이 변하기도 한다. 관계의 마법이다.

수십 년에 걸쳐 여러 어려움을 극복하며 삶을 긍정적으로 바라보는 새로운 습관을 갖게 되었다. 한때 깊게 절망했더니, 절망 뒤에 오는 것은 희망이라고 믿게 되었다. 무엇이 이런 변화를 가져왔을까? 스스로에게 질문한 적이 많았다. 여러 가지 이유를 댈 수 있겠지만, 무엇보다 삶 그 자체가 치유자라고 생각한다.

정신분석학자 카렌 호나이Karen Horney는 《자기분석》에서 "생활 자체가 가장 훌륭한 의사"라고 표현했다. 나는 이 표현을 열렬히 사랑한다. 경험을 통해 일상의 골목길에는 좌절을 극복할 수 있는 기회들이 곳곳에 숨어 있다는 것을 알게 되었기 때문이다. 당신이 직장에서 상처받고 우울할 때는 독서클럽에서 만난 친구가 당신에게 용기를 줄 수 있다. 당신이 가정에서 버림받은 기분일 때는 따뜻한 연인이 당신의 아픔을 치유해줄 수도 있다.

고통스러운 삶을 견디는 것은 식물을 키우는 것과 비슷하다. 식물은 정해진 시간에 물을 주고 햇볕을 쬐어주고 바람을 통하게 해주면 조금씩 자라 꽃을 피운다. 우리의 일상에 규칙적인 정성을 들이면 지금 당장은 초라해도 조금씩 마음의 회복력이 자란다.

때로는 라디오를 듣는 것도 그중 한 가지가 처방이 될 수 있다. 언젠가 〈유희열의 라디오 천국〉의 청취자 분이 이런 이야기를 해주었다. 그때 심야 라디오가 상처를 치유해주었다고. 인생을 살아가다가 서로에게 치유가 되는 공동체를 만나는 것만큼 좋은 일이 또 있을까?

아버지는
내 우주

———————— 아버지는 외국에서 공부하고 돌아왔
기에 서구문화에 밝았다. 미술과 고전문학을 좋아하며 명동
최고의 멋쟁이였고 여러 가지 면에서 시대를 앞선 분이었다.
요즘 말로 하면 '힙스터'였다. 외국영화도 좋아했는데, 외국
배우를 보고 '저 사람은 뜰 거야' 하면 정말 그 사람이 인기
를 얻곤 했다. 트렌드를 읽는 능력이 뛰어나 길거리를 지나
다가도 '저건 되겠다'라는 감이 오면 바로 사업을 시작했다.
그리고 그 예감이 대체로 적중해서 젊은 시절에 사업으로 크
게 성공했고 명동 일대의 유명인사가 되었다.

아버지는 그림을 사고판 적이 있다. 집에서 그림을 그렸고
화가들과 교류했고 가난한 화가를 지원하기도 했다. 집에 있
는 그림들을 가리키며 "저 중에 어떤 것이 가장 좋으냐?" 하
고 나에게 묻곤 하였다. 아버지는 그림에 대한 내 의견을 존
중했고, 항상 나의 엉뚱한 면을 높이 샀으며, 평범한 나를 천
재를 대하듯 치켜세웠다. 그 은혜를 잊을 수 없다.

아버지는 늘 화보에서 걸어 나온 사람처럼 말끔하게 재단

된 슈트를 입었다. 키가 크고 마른 체형이어서 옷맵시가 완벽에 가까웠다. 아버지는 어머니께 최신 유행인 옷과 외국 여배우들이 쓰는 멋진 선글라스를 사주곤 했다. 어린 나에게도 어른들이 입는 '힙한' 옷들을 사주었다. 사업 때문에 명동의 백화점에 갈 때마다 나를 데리고 다니기도 했다. 그래서 어린 시절엔 패션의 중심지에 살다시피 했다. 아버지가 사준 옷들은 모두 어른스럽고 트렌디했기 때문에 학교에 가면 조용히 앉아 있어도 주목을 받았다. 그것이 싫지는 않았다.

어느 해 여름방학에 아버지는 서재에 앉아 책 여러 권을 계속 읽었다. 지금 생각해보면 아마 사업이 난항에 부딪혔던 때인 듯하다. 아버지는 현실의 어려움을 잊기 위해 블랙홀을 마주한 별처럼 책 속으로 빨려 들어가듯 계속 책만 읽었다. 아직 현실의 고통이 무엇인지 알 리 없던 나는 아버지의 모습을 보면서 책을 읽는다는 것은 정말 근사하고 멋진 일이라고 생각했다. 하지만 이제는 아버지가 얼마나 외로운 사람이었는지 안다. 그는 시대와 맞지 않았고, 그래서 그를 이해하는 사람이 없었을 테니까.

어릴 때는 해결할 수 없는 질문에 부딪히거나, 나 혼자 외계인 같다는 느낌을 받을 때마다, 근원적인 외로움을 느끼곤 했다. 그런 나에게는 나처럼 이방인 성향이 있던 아버지의 인정을 받는 일이 중요했다. 아버지는 내 우주이자 정신적인 도서관이었다.

　대학 시절에 아버지가 돌아가셨다. 그때 내가 받은 느낌을 충분히 표현할 수 없어서 아무에게도 내 감정을 털어놓지 못했다. 그런데 몇 년 전 외국 아트 사이트에서 한 작품을 보고 '그래, 이런 기분이었어' 하고 깨달았다. 그 작품의 이름은 '내 아버지가 돌아가셨을 때, 도서관 전체가 불에 타버린 것 같았다When My Father Died, It Was Like a Whole Library Had Burned Down'였다. 스웨덴 작가 수산나 헤셀베리Susanna Hesselberg의 2015년 작품으로, 도서관이 광산처럼 땅속으로 들어가는 형태의 설치미술이다. 어떤 비평가는 음산하다고 평가했지만, 나는 말로 다할 수 없는 비통함을 느꼈다. 내 영혼은 인터넷 사이트의 그림 앞에 서서 목놓아 울고 있었다. 땅속으로 꺼져 더 이상 만질 수 없는 책들, 내게서 떠나가는 우아한 순간들, 고통을 잊게 하던 서재의 소멸, 급기야 언어의 소멸.

　몇 권의 책을 썼지만, 세상 사람들이 내가 어디서 뭘 먹고 무엇을 하는지 모르기를 바랐다. 사생활을 지키고 싶었다.

그래서 에세이를 더 이상 쓸 수 없다고 생각했다. 내 이야기를 하는 것을 그렇게 두려워했던 이유는 아버지의 죽음 때문이 아니었을까 하고 생각한다. 그때 내 모든 언어가 땅속으로 끌려들어갔다.

어린 나는 세상은 선하고 안전하다고 믿었다. 게다가 '무엇이든 선의를 갖고 열심히 노력하면 이룰 수 있다'는 믿음도 있었다. 하지만 그것은 달의 앞면에 불과했다. 나에게도 다른 사람들처럼 달의 이면이 있었고, 부모님에 대한 애도 기간을 거치면서 그 이면도 바라볼 수 있게 되었다. 내면의 두려움을 이끌어내는 과정이었다.

이 책은 아버지가 돌아가셨을 때 잃어버렸던 도서관을 찾아가는 길에 있는 계단이다. 준비 과정에 다시 공부하는 시간도 있었고, 몸이 아파 쉬어야 했던 시간도 있었다. 그 모든 시간이 내 내면을 향한 여행이었다. 무엇보다 내 자신을 스스로 들여다보면서 깨닫는 진리가 나를 압도했다. 어떤 순간에는 한 발자국도 나아가지 못해, 이불을 뒤집어쓰고 누워버리기도 했다. 힘들고 고되었지만 도서관을 찾는 과제를 중단할 수 없었다.

도서관에서 얻은 책 한 권을 펼쳐

길 잃은 사람들에게 읽어주고 싶었다.

그리고 이 글을 쓰면서 말을 다시 찾게 되었다.

우주의
시작

──────────────── 아버지께 고마운 것이 무척 많은데,
그중 하나는 초등학생이던 나에게 중학생이 읽을 만한 두꺼
운 학생백과전집을 사주신 일이다. 아버지처럼 우주 마니아
인 나는 우주 편을 제일 먼저 골라서 읽었다. 정말 책에서 꿀
이 떨어지는 것처럼 느껴졌다. 우주에 관한 책을 앞에서부
터 차례로 죽 읽다보니 빅뱅에 대한 이야기가 나왔다. 그 환
상적인 이야기에 사로잡혀 머릿속으로 빅뱅의 모습을 그려
보기 시작했다. 그때 한 가지 의문이 떠올랐다. '만일 빅뱅이
일어나 우주가 확장한다면, 우주의 바깥에는 무엇이 있는 걸
까?' 당연히 초등학생의 지식으로는 그 답을 알 수 없었다.
생각하면 생각할수록 머릿속의 어떤 끈이 꼬이는 기분이었
다. 머릿속이 꼬이고 꼬이다가 마침내 토할 것 같은 느낌이
들어서 휘청거리는 신기한 경험도 할 정도였다. 궁금한 것이
생기면 잠을 잘 못 자고 책을 찾아보거나 계속 검색해보는
성격이긴 하다. 하지만 어떤 질문에 대한 답을 찾지 못해 토
할 정도로 괴로웠던 적은 그때가 처음이자 마지막이다.

빅뱅에 관한 의문을 풀지 못한 채로 살다가, 몇 년 전에 천체물리학 대중 강의를 들은 적이 있다. 그때 카이스트 천체물리학 교수님께 어릴 적 질문을 물어보았더니 이렇게 대답하였다. "없습니다. 시간이 없기 때문에 무無입니다." 교수님은 친절하게 설명했지만 의문은 더 커졌다. 그토록 궁금했던 '우주의 바깥에는 무엇이 있는가?'라는 질문은 곧 '빅뱅 이전에는 무엇이 있었느냐'라는 질문이다. 이 질문에 대한 답을 찾아보면 똑같이 불충분한 대답만 나온다. '시간은 우주가 탄생하면서 생긴 것이다. 빅뱅이 일어나면서 시간이 시작되었다. 그러므로 빅뱅 이전이라는 것은 아예 존재할 수가 없다.' 그렇다면 아무것도 없는 상태에서 왜 갑자기 최초의 원시우주(혹은 그 무엇)가 나타나서 빵 터진 것인가?

어릴 때 우주의 바깥에 있는 것을 생각하다가 토할 것 같은 느낌이 든 이후로, 나는 우주를 좋아하는 일이 만만치 않다는 것을 알게 되었다. 과학이 아직 설명하지 못하는 영역에 강렬한 호기심을 품고 평생 연구했는데도 해답의 근처에도 갈 수 없다면 얼마나 답답하고 실망스럽겠는가?

궁금한 것을 참는 일이 어린 나에게는 매우 힘들었다. 햇볕이 쨍쨍한 날에만 기분이 좋아지는 사람이 몇 달이나 이어지는 한겨울을 견뎌야 할 때와 비슷한 기분이었다. 무슨 수를 써도 바꿀 수 없는 상황에 대한 절망감과 비슷했다. 그래도 우주에 대한 생각은 마음을 따뜻하게 해준다고 믿는다. 빅뱅이론에 의하면 우주는 원시우주에서 출발했다고 하니 너와 나뿐만 아니라, 지구와 목성만이 아니라, 우주 전체가 다 하나라는 것이다. 우리는 하나다. 우리는 우주의 그물망에 걸린 별들이고, 서로를 비추는 별들이다.

나에게 우주를 선물해준 아버지께 감사하다. 광대한 우주를 유영하던 영혼이 지구라는 별에 와서 인간의 형태로 사는 순간은, 영혼의 전체 시간에 비하면 찰나일지도 모른다. 그 찰나의 순간에 아버지와 내가 함께했다는 사실에 감사하다.

진행되는 죽음,
어머니

──────────── 어머니가 편찮으실 때, 한 갤러리에 가서 데이미언 허스트Damien Hirst의 작품을 보았다. 당시 갤러리 관장님은 하나씩 천천히 보고 가라며 나에게 두툼한 허스트 도감을 보여주었다. 그때 보았던 작품이 〈살아 있는 자의 마음속에 있는 죽음의 물리적 불가능성The Physical Impossibility of Death in the Mind of Someone Living〉이다. 현대미술계를 뒤흔든 유명한 작품이었기 때문에 전부터 알고 있었는데도 그날따라 유난히 강렬하게 느껴졌다. 번개와 같은 깨달음이 나를 스치고 지나갔다.

왜 어머니를 볼 때마다 그토록 힘들었는지 알게 되었다. 나는 어머니의 육신 안에 있는 죽음을 보고 있었던 것이다. 어머니는 살아 있었지만 의식도 없고 몸의 일부는 죽어가고 있었다. 마치 포름알데히드 용액에 절여진, 이미 죽어 있는 상어처럼 어머니는 살아 있는 존재도 아니었고 죽어버린 존재도 아니었다. 그렇게 **진행되는 죽음**에 대한 공포를 마주하고 있었다. 그것이 나의 무의식에 잠재되어 있던 어떤 경험을 끌어내는 트리거가 됐다.

나는 아주 어릴 때부터 병약했고, 크고 작은 사고 때문에 생명의 위협을 빈번하게 느꼈다. 그래서 죽음은 늘 내 곁에, 손만 뻗으면 닿는 곳에 있는 익숙한 존재였다. 정말 죽을까 봐 두려웠다. 몇 번이나 생명이 끊어진다고 생각했던 순간이 있었고 그래서 늘 세상과의 작별인사를 준비해두었다. 어린 시절, 작은 사고로 인해 응급 상황에 처한 적도 있다. 잘못 삼킨 캐러멜이 기도를 막는 바람에 질식 상태에 이르렀고 안색이 새파랗게 변했다. 다행히 기적적으로 살아났다. 초등학생 시절에는 학교 수영장에 들어가지 못해 체육 시간마다 울곤 했다. 나는 물에 대한 설명할 수 없는 공포를 갖고 태어났다. 어릴 때는 수영장은커녕 깊은 물을 바라보는 것조차 두려웠다. 지금도 심연에 대한 공포가 있다. 그런데 수영장에 못 들어가는 내 자신이 한심해서, 청소년기에 남다른 노력을 하며 수영을 배웠다. 어쩌나 힘들었던지 꿈에서도 수영하는 장면이 고통스럽게 나왔고 기괴한 악몽도 꾸었지만 결국 수영을 할 수 있게 되었다.

어머니를 보는 것은 내 죽음의 진행 과정을 바라보는 것이었다. 어머니의 마비된 몸속으로 들어가 같은 고통을 느끼는 것 같았다. 어머니의 몸이 변해갈 때 참을 수 없는 공포를 느꼈다. 내 뼈와 살이 썩어가는 느낌이었다.

어머니와의 사별이 나에게 남긴 마지막 흔적은 운전 불안이었다. 특정한 상황에서 패닉에 빠졌다. 극복하기 위해 정신분석을 열심히 공부했다. 다행이 증상은 점점 가라앉았지만, 운전대에 앉아 심장이 멎는 것 같은 고통을 느꼈던 그 순간을 지금도 생생히 기억한다. 운전 불안은 어머니를 떠나보내는 애도의 한 과정으로 등장했다. 프로이트는 '애도는 사랑하는 대상이 더 이상 존재하지 않는다는 현실 앞에서 그 대상에게 우리가 투자한 에너지를 철회하려는 고통스러운 노동'이라고 설명했다. 그렇기 때문에 나를 한동안 괴롭혔던 운전 불안은 내가 어머니를 사랑했다는 증거이기도 하다. 어머니를 사랑해서 아팠다.

몇 년간 심리학 공부를 하고 좋은 사람들을 만나면서 운전 불안이 거의 사라졌다. 하늘이 아름답던 어느 가을 날, 운전면허 학원에서 처음 운전할 때 느꼈던 기쁨을 다시 느꼈다.

자신의 일부를 상실에 바치는 존재, 그것이 인간이다.

버튼을 누르는
영화

──────────── 어머니가 아프기 시작한 뒤 가장 힘
들었던 시기에 극장에서 마틴 스코세이지 감독의 영화〈셔터
아일랜드〉를 봤다. 대학에 다닐 때부터 마틴 스코세이지 팬
이었기 때문에 기대감이 대단했다.

영화에서 주인공의 품에 안겨 있던 아내가 가루가 되어 사
라지는 장면이 반복적으로 나왔고, 그때마다 가슴이 산산조
각 나는 것 같은 아픔을 느꼈다. 영화가 끝나고 난 뒤에는 극
장 좌석에 앉아 대성통곡하고 말았다. 내가 그렇게 큰소리로
울고 있다는 사실이 믿기지 않았다. '대체 내가 왜 이렇게 사
람 많은 극장에서, 게다가 지인이 옆에서 쳐다보고 있는데,
내 감정 하나 컨트롤하지 못하고 한강을 만들 기세로 울고
있단 말인가.' 울면서도 당황했다. 그런데도 온몸이 비탄으로
가득 찬 사람처럼, 온 세상의 강물이 내게로 흘러들어 다시
뿜어 나오는 것처럼, 도저히 눈물을 멈출 수가 없었다. 너무
나 슬퍼서 눈물을 흘리는 것밖에 할 수 있는 일이 없었다.

얼마 뒤에 그 영화를 다시 보러 갔다. 왜 그렇게 이성을 잃

고 울었는지 보다 분명히 알고 싶었고, 나에게 주어진 그 어마어마한 슬픔을 조금이라도 이겨보고 싶었기 때문이다. 영화를 두 번째 보면서 분명히 깨달았다. 영화에서 내 가슴을 산산조각 낸 장면들의 공통점은 가족을 잃는 장면이었다. 다른 영화를 볼 때도 형이 동생을 잃거나 부모가 자식을 잃는 장면을 볼 때마다 가슴이 산산조각 났다. 어머니의 생명은 모래사장의 모래처럼 아무리 움켜쥐어도 계속 줄줄 새어나가고 있었으니까. 그뿐만이 아니었다. 나는 부모님이 자식보다 먼저 세상을 떠나는 것이 도리라고 생각한다. 하지만 어머니가 식물인간 상태로 누워서 인간 이하의 대접을 받는 것을 견딜 수 없었다. 그래서 어머니가 정상적인 상태로 돌아올 수 있다면 내가 대신 죽겠다고 매일 기도했다. 병원에 누워서 살아 있는 상태로 죽어가는 어머니를 보면서 멀쩡히 살아 있는 내 자신에 대한 죄책감이 자라기 시작했다. 〈셔터 아일랜드〉는 마틴 스코세이지 감독의 영화답게 죄책감을 주제로 다루었기 때문에 유독 괴로웠다. 한동안 가족을 잃는 장면이 나오는 영화는 아예 보지 않았다. 그런 장면들은 내 마음속 버튼을 눌러 주체할 수 없을 정도로 슬픈 감정에 휩싸이게 했다.

그때는 감히 상상하지도 못했지만, 결국 그 시기의 어려움은 지나갔다. 지나가지 않을 줄 알았는데, 영원히 고통 속에 갇혀 생매장될 줄 알았는데, 나는 살아남았고 고통은 지나갔다.

십 년 전의 내 자신을 만난다면 이 말을 꼭 해주고 싶다.

"정말 끝이란 것이 있어. 내 말을 믿어봐. 이 상태로 네가 소멸하지 않아. 너는 더 행복해지고 더 기쁘게 살게 돼. 내 말을 믿어줘. 더 이상 울지 않게 될 거야."

느린 악장에서는
울어도 좋아요

———————————— 어머니를 간병하던 시기에, 절망에서 어느 정도 빠져나온 뒤 콘서트홀을 매주 찾아갔다. 나에게 클래식은 치유의 수단이었다. 극도의 스트레스가 쌓이면 흥겨운 음악들이 조금도 와닿지 않아서 클래식을 많이 듣게 되었다.

병원에서도 울지 않았고 다른 어느 곳에서도 울지 못했는데, 신기하게도 콘서트홀에서 공연을 볼 때면 느린 악장에서 어김없이 눈물이 나오곤 했다. 슬퍼서 울었다고 말하고 싶지는 않다. 음악이 아름다워서 눈물을 흘렸다고 말하고 싶다.

아름다움을 가장 뜨겁게 느낄 수 있는 순간은 슬픔이 가득한 순간이 아닐까 한다. 슬프면 마음의 단단한 빗장이 허물어져 모든 것에서 아름다움을 발견할 수 있다. 그 시절에 나는 은행나무가 노랗게 물든 거리가 아름다워서 눈물이 날 지경이었고 모차르트의 기쁨이 넘치는 디베르티멘토divertimento (18세기 후반에 오스트리아에서 성행했던 기악곡)조차 아름다워서 눈물을 흘리곤 했다. 눈물을 자주 흘릴 수 있는 것은 축복이다.

좋아하는 영화 〈블레이드 러너〉에는 내가 특히 좋아하는 대사가 있다. 인간보다 더 인간적으로 보이는 안드로이드인 로이가 빗속에서 읊는 독백이다.

"나는 너희 인간들이 믿지 못할 것들을 봤다.
I've seen things you people wouldn't believe.

오리온좌의 어깨 너머로 불타는 전함들.
Attack ships on fire off the shoulder of Orion.

나는 탄호이저 게이트 근처에서 C-빔이 어둠속에 반짝이는 것을 보았다.
I watched C-beams glitter in the dark near the Tannhäuser Gate.

그 모든 순간은 결국 사라질 것이다,
All those moments will be lost in time,

빗속의 눈물처럼
like tears in rain.

이제 죽을 시간이다.
Time to die."

어릴 때부터 우주에 매료되었던 나는 이상하리만치 이 대사가 아름답게 느껴졌다. 인간의 능력보다 더 뛰어난 능력을 가진 안드로이드는 인간이 볼 수 없었던 것들을 우주에서 보았다. 그리고 빗속의 눈물처럼 기억이 마침내 사라질 것이라고 말한다.

슬픔은 사라진다. 콘서트홀에서 흐르던 디베르티멘토의 우아한 멜로디 속으로 슬픔이 사라져갔듯이. 우리를 아프게 하는 기억들은 사라진다. 영원한 것은 없으니, 아픔은 사라진다.

다스베이더와 로봇들의
우주

─────────────── 오랜 시간 동안 고독한 〈스타워즈〉 마
니아였다. 몇 년 전 〈스타워즈〉 시리즈가 리부트reboot(캐릭터
와 이야기를 새롭게 해석해서 작품을 만드는 것)되어 극장에 가야 할
이유가 또 하나 늘었다. 게다가 새로운 이십 대 팬들이 생겨
그들이 만들어내는 2차 창작물(팬픽, 팬아트, 동인지 등)을 보면
서 같이 즐거워할 수 있었기 때문에 내 덕질의 고독함이 보
상받는 기분마저 들었다.

1990년대에 일본 디즈니랜드의 스타워즈관에서 다스베
이더 가면을 발견하고 굉장히 기뻤다. 사고 싶었지만 너무
비쌌다. 어린 시절 TV에서 본 다스베이더는 쉭쉭거리는 숨
소리 때문에 공포심을 불러일으켰다. 남자아이들은 광선 검
놀이를 하면서 골목을 누볐지만, 내 관심사는 다스베이더의
가면이었다. 저 뒤에 무엇이 있을까? 마침내 그의 본얼굴이
드러났을 때 이렇게 생각했다. '다행이다.'

가면 뒤에 무엇이 있는지 알 수 없을 때 공포는 배가된다.
우리는 종종 속을 알 수 없는 사람을 만날 때가 있다. 그가

어떤 생각을 하는지 알 수 없기 때문에 위협을 느낀다. 다스 베이더가 악의 편에 서게 된 것도 두려움 때문이었다. 그리고 그는 제국의 지배자가 되어 온 우주를 두려움 속으로 몰아넣었다. 두려움이 지배하는 우주, 그것이 다스베이더가 상징하는 우주의 모습이 아닐까?

데이비드 핀처 감독의 말처럼 〈스타워즈〉의 매력은 드로이드가 외부인의 시선으로 세상을 관찰하는 발상에 있다고 생각한다. 인간을 흉내 내는 드로이드를 보며 스스로를 돌아보게 된다. 예를 들어 C-3PO는 영국신사의 말투로 말한다. 깡통 허수아비를 닮은 로봇이 영국 신사 흉내를 내며 점잔 빼는 것부터가 어이없지 않나. 이런 부조화에서 오는 재미가 개그 포인트다. 그렇게 재미있던 C-3PO가 또 다른 귀여운 드로이드 R2D2와 사막을 헤매면서 이렇게 말한다. "마치 고통받기 위해 만들어진 인생 같아." 출가하기 전 싯다르타가 할 법한 이야기를 드로이드가 하다니! 고통 속의 존재를 생각하면 이 웃기고도 슬픈 장면이 떠오른다. 드로이드도 고통받기 위해 태어났다고 하소연할 정도니, 스타워즈의 배경인 우주는 삭막한 곳임에 틀림없다. 두려움은 인간성을 파괴하는 씨앗이다.

그렇다면 우리가 있는 우주는 어떤 곳일까?

성경에 나오는 욥의 이야기를 좋아한다. 어린 시절에 《욥기》에 대한 이야기를 처음 들었을 때는 아무것도 이해할 수 없었다. 그런데 힘든 시기를 여러 번 겪고 나자 《욥기》를 새로운 시각으로 볼 수 있게 되었다.

욥은 선량하고 모범적인 사람이었으나, 갑자기 재산을 잃고 자녀까지 잃었으며 극심한 육체의 고통에 시달렸다. 어떤 학자에 의하면 욥에게 피부병이 생겨 벽돌로 벅벅 긁을 때는 조현병 직전 상태였다고 한다. 심지어 믿었던 친구들마저 욥을 비난하고 질책하며 절망의 수렁에 빠진 그를 더 아래로 밀어넣었다. 가장 어려운 시기에 집단 따돌림까지 당한 것이다. 사람들은 이렇게 잔인한 면이 있다. 하지만 욥은 마침내 축복을 받고 신의 사랑을 전한다.

욥의 이야기는 나에게 각별하다. 가장 힘들었던 시기를 떠올리게 만들기 때문이다. 갑자기 생긴 피부병 때문에 욥처럼 온몸을 벅벅 긁으며 잠을 이룰 수 없던 때가 있었다. 며칠이나 잠을 거의 자지 못하자 미칠 것 같았다. 절망에 빠졌다. 영원히 절망의 골짜기에서 벗어날 수 없을 것 같은 기분이 들었다. 그때 버틸 수 있었던 것은 단 하나의 믿음 덕분이었다. 내일이 있다는 것. 내일은 오늘과 다를 수도 있다는 것.

기나긴 고난의 시절을 거치고 나서《욥기》를 다시 읽었다. 사람은 무엇으로 사는가?《욥기》는 바로 그 질문에 대한 답이다. 고난 속에 있을 때는 끝없는 어둠만 보이지만, 그 어둠은 사랑이 다가오고 있다는 신호다. 욥은 절망에 빠져 신을 원망하지만, 결국 모든 시련이 신의 사랑을 피부로 경험하기 위한 과정이라는 것을 알게 된다. 사람은 사랑으로 산다. 그것을 믿으면 버틸 수 있다.

사랑이라는 완전함을 향해 가는 길에 고난이 있다.
오늘은 힘들어도, 내일은 사랑이 온다.

달에서
만납시다

─────────── 이십여 년 전에 길상사에서 일요법
회를 들을 때였다. 법정스님은 이런 말씀을 하셨다. 순한 사
람은 남에게 해를 끼치면서 출세하는 사람들을 보고 약이 오
르고 분통이 터져서 '나도 저렇게 해보자' 하고 작정해도 그
렇게 살 수 없다고. 악당들은 오랜 세월, 수많은 전생의 업을
통해 악의 연을 만들어왔기 때문에 악한 행동을 할 수 있다.
그렇게 전생에 악업을 쌓지 않은 사람들은 아무리 마음을 모
질게 먹어도 한계가 있고 다시 '그냥 내가 손해보고 말자'라
는 식으로 마음먹게 된다면서 이렇게 덧붙였다. "전생에 악
업을 쌓지 못한 사람들은 악인을 흉내 내려고 해도 못합니
다. 그러니까 포기하세요." 당시 나만 자꾸 당하는 것 같아
악당 흉내를 내보고 싶었기 때문에 스님의 말씀이 마음에 더
깊게 와닿았다. 그날 법정스님은 법회를 마치며 이렇게 말씀
하셨다.

"오늘 밤 달에서 만납시다."

내가 법정스님을 처음 만난 시기는 그보다 훨씬 전인 고등학생 때였다. 법정스님 팬이던 어머니는 나에게 스님의 에세이집을 사주곤 했다. 그 인연으로 청소년기에 법정스님의 에세이집을 꽤 여러 권 읽었다. 성인이 된 뒤에도 한때 불교에 관한 책을 많이 찾아 읽었는데, 그중에는 법정스님이 번역한 부처님의 일대기도 있었다. 그 책은 언제나 잔잔한 감동을 일으킨다.

고등학교 여름방학 때 어머니와 송광사에 갔는데 마침 송광사에서 걸어 올라갈 수 있는 불일암에 계신 법정스님을 만날 수 있었다. 어머니는 나와 법정스님이 함께 사진 찍기를 원했다. 멀리서 스님을 찾아온 모녀가 기특했던지 스님은 흔쾌히 허락하였다. 어머니가 꽃 앞에서 사진을 찍으려고 하자 법정스님은 이렇게 말했다. "중하고 꽃은 어울리지 않아요." 어머니는 조금 아쉬워했지만 그래도 사진을 찍을 수 있어서 기뻐했고, 나는 '저 말씀은 무슨 뜻일까?' 하고 생각했다. 지금도 그 말씀에 담긴 의미를 정확히 알지 못한다. 꽃은 나에게는 기쁨의 상징이었지만 법정스님에게는 세속의 상징이었을까? 그후 나는 꽃을 사랑하는 사람으로 성장했다. 그리고 기쁜 날에는 꽃다발 받는 것을 좋아하는 사람이 되었다.

세월이 흘러 다른 종교를 갖게 되었지만, 어머니의 49제는 길상사에서 지냈다. 어머니가 법정스님을 좋아하였기 때문에 그곳에 위패를 모시고 싶었다. 어머니는 법정스님 곁에 계시니 얼마나 좋을까? 내가 어릴 때는 달에 토끼가 살았는데, 이제는 법정스님과 어머니도 그곳에 계실까?

지난 한가위 때 본 보름달이 눈이 부실 정도로 밝게 빛났다. 무엇이 보름달을 그토록 빛나게 했을까. 마치 보름달에서 누군가가 모스 부호로 나에게 연락하는 것 같았다.

감사하는 마음은
감사할 수 있는 일들을 만든다

─────────────── '감사'에 관해 신기한 일이 십여 년 전 일어났다. 당시 여러 가지 어려운 상황에 처해 있었다. 만성 스트레스 탓에 어깨 근육 뭉침이 너무 심해서 잠을 제대로 잘 수도 없었고, 작가고 뭐고 다 그만두고 싶었다. 그러던 어느 날 친구와 청계산을 올라갔고, 갑자기 어깨 통증이 씻은 듯이 사라졌다. 너무 좋아서 '감사합니다'라는 말을 나도 모르게 입 밖으로 냈다. 가장 놀란 사람은 나였다. 내가 '감사하다'는 말을 하다니! 얼마 뒤 다시 어깨가 아팠지만 그 전과는 다른 감정이 들었다. 조금 더 괜찮아질 거라는 막연한 기대감이 생겼다. 내가 '감사'를 중얼거린 그때의 놀라움을 지금도 생생히 기억한다.

행복해지고 싶다면 너그러운 태도를 가져야 한다. 만일 지나간 불운 때문에 화가 잔뜩 난 상태라면 아무리 좋은 일이 생겨도 감사할 마음이 생기지 않는다. 처음에는 감사하는 마음이 낯설고 어색하게 느껴지거나, 약간 낯간지럽다고 느낄 수도 있다. 그것은 '심리적 저항 psychological resistance'이다. 오랫동안 비판적이고 회의적으로 사고해왔기 때문에 감사하는 태도에 저항하는 현상이 나타난다.

자신을 조금씩 바꾸는 수밖에 없다. 처음에는 앱을 이용해 스마트폰에 짧은 감사일기를 적어보는 것도 좋다. '버스를 놓쳤지만 지각하지 않았다. 감사합니다'라고. 어느 정도 습관이 되면 자신에게 일어난 나쁜 일들을 충분히 떠올린 후에 이렇게 말해보자. "그 일 때문에 화가 났었지만 이제는 받아들일 수 있다." 처음에는 차마 떠올리기조차 싫을 수 있다. 아직화가 나 있기 때문이다. 그럴 때는 반발하는 목소리를 잠재우고 스스로에게 이렇게 말해보자. "미래에 생각해보면 그 일이 지금 생각하는 것만큼 나쁜 일은 아니었다고 생각하게 될 거야. 음… 어쩌면 교훈을 얻을 수도 있겠지… 아니면 이 길이 막혔기 때문에 다른 길이 생길 수도 있고. 그래, 더 좋은 길이 생길지도 모르잖아." 미래에서 보면 현재의 불운은 행운이 될 수도 있다. 시간이 부리는 마법이다.

감사하는 마음을 가지면 주변이 변하기 시작한다. 나는 이것을 **마리아 효과**라고 이름 붙였다. 마리아는 내가 TV로 여러 번 본 영화 〈사운드 오브 뮤직〉의 주인공 이름이다. 주인공인 마리아는 밝고 명랑한 성격으로 고아 출신 가정교사이다.

처음에는 대령의 아이들이 마리아를 무시하고 괴롭힌다. 그런데 천둥이 치던 밤, 공포에 질려 마리아를 찾아온 아이들에게 마리아는 〈내가 좋아하는 것들My favorite things〉이라는 아름다운 노래를 불러준다.

"장미 꽃잎의 빗방울과 고양이의 작은 수염

반짝이는 주전자와 따뜻한 장갑."

이렇게 좋아하는 것들을 죽 나열하는 사랑스러운 가사이다. 아름다운 멜로디에 따라 기분을 좋게 하는 것들을 떠올리자 아이들은 천둥소리를 무서워하지 않게 되고 마리아에게 마음도 열게 된다.

천둥이 치는 날에 자신이 좋아하는 것들을 떠올리기, 어려운 순간에도 좋은 면을 생각해보기, 자신의 불운을 미래의 관점에서 보는 태도. 이것이 감사하는 마음으로 가는 열쇠이다. 감사하는 마음을 가지면 변화가 생긴다. 아이들이 마리아에게 가까이 다가간 것처럼 좋은 사람과 행운이 당신에게 다가갈 것이다.

나를 구하는
안전한 오락

** 영화 〈레디 플레이어 원〉의 결말이 포함되어 있습니다.

─────────────── 스티븐 스필버그의 영화 〈레디 플레이어 원〉엔 가혹한 현실을 잊기 위해 '오아시스'라는 환상적인 가상현실 게임에 접속하는 사람들이 등장한다. 현실은 험해도 게임 오아시스에 접속만 하면 자신이 원하는 캐릭터가 되어 또 하나의 인생을 살아갈 수 있다. 그런데 사람들이 오아시스에 접속하는 이유는 또 있다. 세계를 바꿔놓은 오아시스 개발자 제임스 할리데이가 게임 안에 숨겨놓은 세 개의 이스터에그를 다 찾으면 회사를 상속해주겠다고 약속한 것이다.

미션을 모두 수행한 주인공이 오아시스 개발자를 만나는 영화의 결말 장면은 깊은 인상을 남겼다. 현실에서 세상을 떠났지만 미리 자신의 모습을 홀로그램으로 만들어놓은 오아시스 개발자 제임스가 가상현실에서 이렇게 말한다. "내 게임을 해줘서 고맙구나."

그 순간에 눈물이 흘렀다. 나를 위로하는 것처럼 들렸기 때문이다. 어려운 순간에 인생을 가상현실 게임에 비유해 생각했으며, 나 자신은 오아시스에 나오는 자동차 경주처럼 거칠고 위험한 게임을 하고 있다고 생각했기 때문이다. 게임을 해줘서 고맙다니. 이것은 흡사 나라는 캐릭터를 만든 창조주가 나에게 하는 말처럼 들리지 않는가?

게다가 다음 장면은 더 절절했다. 제임스는 주인공 소년에게 방 한구석에 앉아 있는 소년을 보여준다. 그 어린 소년이 게임기 앞에 앉아서 정신없이 게임을 하다가 고개를 들어 제임스와 주인공을 바라본다. 그 어린 소년은 개발자의 과거 모습인데, 그 장면에서 나의 과거를 보았다.

대학 시절에는 단 하루도 집에서 쉬지 않고 끊임없이 외출하고 아르바이트를 했는데, 무리해서 몸에 병이 나자 단 하루도 나갈 수 없게 되었다. 극도로 힘든 시기를 보내고 겨우 정신을 차렸을 때, 제일 처음 한 외출은 집 앞 오락실에 가는 것이었다. 그저 이십 분 정도 오락을 하고 왔다. 그때는 하루 중 유일하게 즐거움을 느끼는 순간이었다. 모든 것이 재미가 없었지만 게임은 할 수 있었다.

왜 청소년들이 게임을 하는지, 우울해지면 그 이유를 알게 된다. 에너지가 바닥이 나서 아무것도 할 수 없을 때도 게임은 할 수 있기 때문이다. 우울할수록 세상이 시궁창처럼 느껴지기 때문에 〈레디 플레이어 원〉에 나오는 게이머처럼 게임 속으로 들어가야 숨을 쉴 수 있다. 게임 밖으로 나오려면 게임보다 더 재미있는 무언가가 현실에 있어야 한다.

만일 누가 이십 대 초반의 고통을 다시 겪을 수 있겠냐고 묻는다면 "아니"라고 답할 것이다. 하지만 그 어려운 시기를 거친 뒤 나는 성장했다. 잡지에 나오는 비포&애프터 사진처럼 달라졌다. 그동안 못 보고 스쳐왔던 것들을 보게 되었고, 세상의 주변부에 깊은 공감을 느끼게 되었다. 소외된 사람들과 아픈 사람들에게 깊은 동료 의식을 느끼게 되었다. 이기적인 세상에 적응하지 못하고 자꾸 탈락하는 사람들에게 연민을 느끼게 되었다. 그들은 안전한 새장 안에 사는 사람들에게 더 넓은 세상을 보여주는 용감한 사람들이다. 그래서 마음이 상한 사람들, 슬픔을 아는 사람들이 아름답다.

우리의 기차는
한 명의 승객도 버리고 가지 않는다

──────────── "시리아의 겨울 아침 5시였다. 알레포 역의 플랫폼을 따라 철도 안내판에 타우루스 특급이라고 표시된 열차가 위풍당당하게 서 있었다." 애거사 크리스티의 소설 《오리엔트 특급 살인》은 이렇게 시작한다.

기차 여행은 우아하다. 《오리엔트 특급 살인》을 좋아하는 이유도 기차 안에서 벌어지는 사건을 다룬 추리물이기 때문이다. 어릴 때부터 셜록 홈즈와 괴도 뤼팽의 대결을 다룬 소설을 읽으면서 자랐다. 그래서 나에게 추리물은 모든 이야기가 시작되는 고향과 같다.

애거사 크리스티는 첫 번째 남편과 결별한 뒤에 오리엔트 특급 열차를 타고 여행을 떠났다. 애거사는 기차 여행에 대한 특별한 추억이 있었다. 어린 시절, 여름철마다 특급 열차를 타고 프랑스로 가족 여행을 다녀오곤 했다. 이처럼 사람들은 때때로 현재의 비극을 극복하기 위해 행복한 추억에 기대곤 한다.

그는 기차 여행에서 열네 살 연하의 옥스퍼드 대학교 출신 고고학자 맥스 말로원과 사랑에 빠진다. 두 사람은 결혼한 뒤에 매년 오리엔트 특급 열차를 타고 프랑스, 스위스, 이탈리아, 터키를 여행했고, 이집트와 이라크의 유적지를 답사했다.

애거사 크리스티에게 어린 시절의 가족 여행이 잊을 수 없는 행복한 순간이었던 것처럼, 나에게도 비슷한 추억이 있다. 어린 시절에 가족들과 기차를 타고 어딘가로 떠났다. 그 시절의 기차 여행이 지금도 그립다. 잠시 정차한 역의 간이매점에서 음식을 먹다가 기차가 떠날 시간이 되어 다 남기고 부랴부랴 기차를 탄 적이 있다. 기차까지 달릴 때 얼마나 흥미진진했는지 모른다. 성궤를 찾는 인디아나 존스가 된 기분이었다.

모든 삶의 순간이 여행이기 때문에 우리는 여행하지 않을 때도 여행하는 사람이다. 여행을 떠난다는 것은 길을 잃는 경험을 한다는 뜻이다. 2017년에 개봉한 영화 〈오리엔트 특급 살인〉에서 가정교사 메리가 이렇게 말했다. "아이들에게 지리를 열심히 가르쳤죠. 길을 잃어버렸을 때 자신이 있는 곳이 어디인지 알아야 하니까."

만일 당신이 길을 잃었다면,

나는 기차 안에서 기다릴 것이다.

우리가 타게 될 기차는

한 명의 승객도 버리고 가지 않는다.

계획대로
안 되는 것이 계획

──────────── 인생은 계획대로 되지 않는다. 그러니까 계획대로 되지 않는 것이 우주의 계획이다.

어릴 때는 과학자가 되고 싶었고, 중학생 때는 TV에서 앨빈 토플러가 나오는 다큐멘터리를 보고 그처럼 미래학자가 되고 싶었다. 그때부터 사회학과에 가겠다고 마음먹었다. 당시 우리나라에 미래학과는 없었기 때문에, 가장 유사해 보이는 사회학을 공부하는 것이 도움될 것 같았다. 고등학교 시절에 감정적인 혼란 때문에 힘들었지만 운 좋게도 원하는 대학의 사회학과에 진학했다.

그런데 대학교 3학년이 되자 운이 다한 것처럼 느껴졌다. 감당할 수 없는 일들이 연속적으로 생기고 말았다. 대학교에 들어간 지 얼마 되지 않았을 때 아버지가 돌아가셨고, 어머니의 사업이 망했고, 얼마 뒤에는 내가 크게 아프기 시작했다. 만일 대학생 때 몸이 그렇게 오래 아프지 않았다면 어릴 적 꿈대로 학자가 되기 위한 길을 걸었을 것이다.

질병 때문에 삼 년이나 휴학했다. 병상에 누워서 줄곧 나를 분석했다. '나는 왜 아픈 걸까?' 하고. 완벽주의 성향을 고쳐야겠다고 생각했다. 또한 당위보다는 즐거움과 욕구를 택하자는 다짐도 했다. 당시 슈퍼에고super-ego가 강해 자아가 질식 상태였고 '무엇을 해야 한다'만 있을 뿐 '무엇을 하고 싶다'는 생각이 없어서 몸이 오래 아프게 됐다고 스스로 분석했다. 당분간 원하는 것만 하고 싫은 것은 버리기로 했다. 휴학을 마치고 학교로 돌아왔을 때 나는 다른 사람이 되어 있었다. 좋아하는 미술사 강의를 듣고 음대에 가서 작곡 기법을 배우기도 하고 빠듯한 생활비를 쪼개고 아르바이트로 돈을 모아서 클래식 콘서트와 연극을 보러 다녔다.

그러다 대학을 졸업했다. 일반적인 기업에 취직하고 싶지 않았다. 그때는 유니폼을 입고 출근하는 것이 견딜 수 없는 일처럼 느껴졌다. 아픈 기간을 통해 내 안에 예술가의 기질, 창작자의 기질이 있다는 것을 깨달았기 때문이다. 그때는 글도 쓰고 싶고 영화감독도 되고 싶어 독립영화창작연구소를 다니면서 아르바이트를 했다. 역시 건강이 제일 문제였다. 내 건강 상태로는 영화 일을 할 수 없다고 절감했다. 낙담에 빠지고 불안에 쫓길 때였다. 선배 언니의 권유로 MBC 아카

데미에 들어갔는데, 처음에는 이렇게 생각했다. '라디오에 들어가면, 내가 좋아하는 음악을 많이 들을 수 있을 거야.'

다행히 별 어려움 없이 취직했다. 라디오작가가 되고 싶었지만 당시엔 안정적인 직업이었기에 좀처럼 자리가 나지 않아 TV구성작가로 일을 시작했다. 그때 이렇게 생각했다. '내가 몸이 아플 때 그나마 웃음을 주는 것이 TV밖에 없었다. 내가 만드는 프로그램 때문에 누군가가 그 시절의 나처럼 잠시나마 웃을 수 있다면 정말 보람이 있을 것이다.'

그후 라디오작가로 일하면서 음악을 많이 들었고, 재미있는 경험도 많이 하며 남들이 부러워하는 커리어를 쌓았다. 하지만 오랫동안 성공했다는 느낌을 갖지 못한 채 일했다. 작가는 스트레스를 많이 받는 일이기에 직장에서 만나는 나쁜 사람을 모두 없애버리고 싶을 때도 있었다. 그래서 이십대에는 방송국에서 일어나는 연쇄살인을 소재로 추리물을 쓰려고 마음먹기도 했다. 그땐 그런 사건이 일어나는 배경으로 딱 어울리는 곳이라고 생각했으니까.

하지만 살아남기 위해 최선을 다해서 일했다. 덕분에 라디오작가라는 직업은 나에게 A4용지로 여섯 페이지를 꽉 채우는 화려한 이력을 남겨주었다. 동시에 두세 개 프로그램을 했기 때문에 수많은 프로그램을 경험했다. 또 라디오 원고에 대한 과분한 찬사를 들어 감사함을 느꼈다. 출판사에서도 연락이 와서 책 여러 권을 집필했고 좋은 반응을 얻었다. 책을 쓰는 것이 서서히 내 생의 일부가 되어갔다.

인생의 행로는 내 의지와는 상관없이 흘러가는 듯했다. 이십 년 넘게 글을 썼지만, 진심으로 '작가'라는 직업을 사랑한 적은 없었다. 언젠가 이렇게 기도한 적이 있다. "정말 행복해져서 글을 쓰지 않아도 되게 해주세요." 오랫동안 불행한 사람들만 글을 쓴다고 생각했다. 글 쓰는 직업에서 벗어나야 진정한 행복을 찾을 수 있다고 생각했다. 여러 가지 이유가 있었다. 체력 문제도 있었고, 사생활을 노출하는 걸 몹시 싫어하는 성격이기 때문에 더욱 그랬다.

직업인으로서 라디오 원고를 쓰고 몇 권의 에세이집을 내면서 살아왔지만, 심리적으로 막다른 길에 이르러 심리치료 공부를 하고 난 후에야 깨달았다. 글을 쓰는 것이 내 인생의 과제라는 것을. 상담심리 공부를 하면서 몇 년 동안 자기분석을 계속하다가 극적인 전환점을 맞이했다. 어느 날, 신기하게도 글 쓰는 것이 '작가가 되기 전처럼' 재미있게 느껴졌다. 이런 변화야말로 기적이라고 생각한다. 여러분이 안 믿어도 할 수 없다. 나에게는 전율이 돋는 짜릿한 체험이었다.

인생이 내 계획대로, 내 마음먹은 대로 흘러가면 좋겠지만 인생은 그렇게 단순하지 않다. 지금은 완전히 망한 것 같은데, 먼 훗날에는 이 '망함'이 '흥함'의 시작점이 될 수도 있다. 사람들은 웬만하면 움직이지 않는다. 누구나 자신이 익숙하고 안전한 곳에서 머물기를 원한다. 엄청나게 큰 일이 생겨서 좌절감을 느낄 때 겨우 조금씩 움직인다. 만일 자신의 진로를 바꿔놓는 큰 일이 생기면, 그것은 '나를 움직이기 위해 우주가 보낸 선물'이다. 그러니 좌절은 미래에서 볼 때는 또 하나의 시작이다. 사람은 큰 좌절이 있어야 간신히 움직이기 때문이다. 이렇게 미래에서 현재를 보는 관점을 가지면 인생의 실망까지 사랑할 수 있게 된다. 인생을 사랑하고 싶다면 인생의 안락과 아름다움뿐 아니라 실망과 좌절까지 사랑할 수 있어야 한다.

작가 앤드루 솔로몬은 테드TED 강연에서 이런 말을 했다. "용이 없다면 영웅도 없을 것이다. 사람들은 일상에서 일어나는 영웅적인 행위들에 찬사를 보낸다." 즉, 고난이 있기에 사람들 안에 잠들어 있던 영웅이 깨어난다. 그렇기에 고통은 무의미한 것이 아니다. 고통에 아무 의미가 없다고 생각하면, 그 고통을 견디는 일이 훨씬 힘들어진다. 얻는 것이 아무

것도 없는데 계속 사막을 헤매야 한다면, 그 사막을 어떻게 견딜 수 있을까?

다행스럽게도 많은 사람이 인생의 고난을 통해 삶의 의미를 깨달았다고 한다. 삶은 사막을 걷는 것과 같을 때도 있지만, 그 안에 샘물이라는 축복이 숨어 있다. 한여름 더위 끝에 시원한 물을 마셔본 경험이 있는 사람은 삶의 축복이 무엇인지 안다. 고난이 없다면 인생의 반짝이는 순간은 찾아오지 않는다. 무엇이 진정한 행복인지 모른 채 살아갈 것이다.

봄은 언제 올까?

겨울을 더 이상 견딜 수 없다고 느낄 때 온다.

춤을 추며
절망이랑 싸울 거야**

** 소제목은 검정치마의 노래 〈Antifreeze〉 가사에서 따왔습니다.

──────────── 나는 에밀 시오랑Emil Cioran의 절망에 동조하고 알베르 카뮈가 말한 덧없음에 끌리는 사람이다. 이런 사람으로 태어나 성장하면서 살아 있는 것의 즐거움과 기쁨을 알게 된 것은 특별한 순간들이 있었기에 가능했다.

존재의 기쁨을 아는 것은 쉽지 않은 일이다. 냉정하게 보면 이 시끄러운 세상에서 사랑을 발견하는 것은 해변의 모래사장에서 용의 은비늘을 발견하는 것보다 어렵다. 스스로도 내 안의 모순을 설명하기 어렵다고 생각한다.

아주 어릴 때 집안에 빚쟁이들이 몰려들었다. 아버지의 사업이 망했기 때문이다. 낯선 아저씨들이 집안에 있는 가구를 모두 들고 나갔다. 커다란 장식장을 들고 나가려 할 때, 어린 내가 소리를 지르며 울었다. 그 장식장 안에 내가 좋아하던 캔디 박스가 들어 있었기 때문이다. 그들은 내가 울음을 터뜨리든 비명을 지르든 전혀 신경 쓰지 않았다.

중학교 2학년 겨울방학 때, 아버지의 사업이 다시 어려워졌고 낯선 사람들이 다시 침입해왔다. 아버지는 어디론가 도

피했고 어머니는 울었다. 그해 겨울에는 난방이 안 되는 방에서 추위와 싸우며 지냈다. 아무리 이불을 여러 개 깔고 덮어도 뼛속으로 한기가 스며들어 영혼의 온기까지 빼앗아갔다. 내 마음은 그때 사망했다. 어머니는 우울증에 걸려 몇 달 동안 누워만 지냈다. 나에게 구워 먹으라고 만두만 주었는데, 그때의 기억 때문에 이십 대 중반까지 군만두를 먹을 수 없었다. 군만두를 보기만 해도 토할 것 같았다.

이십 대에는 눈을 감고 자리에 누우면 늘 덮던 담요같이 익숙한 절망감이 다가왔다. 가난할 때와 몸이 아플 때 맛보았던 절망감이 심장에 새겨졌다.

다행히 열광하는 자가 되었다. 에밀 시오랑은 《해뜨기 전이 가장 어둡다》에서 "열광적인 사람의 능력은 계속 다시 태어나는 것이다. 그 능력으로 악마적 유혹이나 없음에 대한 공포 그리고 죽음의 고통에서 벗어난다"라고 썼다. 책, 음악, 영화, 글쓰기, 우주, 미술, 인문학…. 이런 것들에 지속적으로 열광했기 때문에 집요한 절망이 나를 쓰러뜨렸을 때에도 다시 태어날 수 있었다. 매일 다시 태어났다. 나는 어제의 내가 아니다.

나에게 무슨 일이 있었는지, 내가 누구인지 다른 이들에게 전하는 유일한 방법이 글을 쓰는 것이다.

꿈을 향해
걸어요

─────────────── 독자와 청취자들이 나에게 개인적인 고민이나 사연을 자주 보내온다. 그중에서 특별히 기억에 남는 사연이 몇 가지 있다. 미정은 라디오 애청자였고 공개방송에 찾아와서 내 책에 사인을 받아간 적이 있다. 몇 년이 지난 뒤 나에게 장문의 사연을 보내왔다.

그는 이십 대 중반의 여성이었다. 몇 달 다닌 직장에서 억울한 누명을 쓰며 크게 상처받았다고 했다. 직장을 그만둔 뒤에는 한 달 동안 외출하지 않고 스마트폰만 봤는데, 어느 날 PC방에 가서 게임 오버워치를 하고 싶다는 생각이 들어 현관문 밖으로 겨우 나왔다고 했다. 일주일간 매일 PC방에 가서 몇 시간씩 오버워치를 하면서 무언가 해야겠다는 생각이 서서히 들기 시작했다. 우선 마음에 드는 일을 찾기 전까지 아르바이트를 하며 살아야겠다고 생각했다. PC방에서 팥빙수나 떡볶이가 먹고 싶을 때는 마음껏 사먹을 수 있어야 하니까.

미정은 돈이 어느 정도 모이자 여행을 다니기 시작했다. 아르바이트를 하느라 시간을 길게 낼 수 없었기 때문에, 하루나 이틀 일정으로 갈 수 있는 국내 여행지를 골랐다. 미정은 까다로운 고객의 비위를 맞춰야 하는 계산대 앞이거나 햇볕이 들지 않는 작은 자취방에서 주로 존재했지만, 여행을 가면 햇살이 부서지는 해변이나 아름다운 둘레길이 그의 집이 되었다. 경제적으로 어려워 마음이 추웠기 때문에 짧은 여행조차 특별한 선물이 되었다. 일테면 친구와 강릉의 펜션에 갔다 온 추억 하나가 아르바이트하던 가게에서 겪은 참담한 시간을 이겨낼 수 있게 해주었다. 여행 경비를 마련하기 위해 미정은 매일 편의점 도시락으로 끼니를 해결하고 웬만한 거리는 걸어서 다녔다.

　여행지에서 그는 더 이상 취업대기자가 아니었다. 기다리는 삶은 고달프다. 사막 같은 세상을 헤매느라 다리가 아플 때마다 그는 여행을 꿈꾸었다. 그에게 여행이 사치일지는 몰라도, 그 사치 덕분에 현실의 비루함을 잠시나마 잊을 수 있었다. 여행 덕에 '다른 사람들은 다 즐거워 보이는데 왜 나만 불행한가'라는 생각을 잠시 잊을 수 있었으니까. 그러다가 그는 여행작가가 되고 싶다는 꿈을 갖게 되었다. 어쩌면 그의 여행은 PC방에서 떡볶이를 먹기 위해 방 밖으로 나온 순간에 시작되었는지도 모른다. 그의 사연을 접하며 목적지 없이 기나긴 여행을 하던 나의 이십 대 시절을 떠올렸다.

그는 나에게 또 다른 편지를 보내 그동안 쓴 글을 보여주었다. 그의 글에서 곱고 순수한 마음이 느껴졌다. 그래서 "좋은 작가가 될 거예요. 꿈을 향해 걸어요"라고 답장을 보냈다. 나중에 그때 내가 보낸 답장을 읽고 엉엉 울었다고 답장했다. 나 역시 미정과 같은 청취자와 독자의 편지를 읽으면서 눈물을 흘린다. 내 글이 누군가에게 위안을 줄 수 있다는 건 굉장한 일이다. 내 글이 두터운 오해의 장벽을 넘어 그들의 마음에 닿았다는 뜻이니까. 그 순간 작가와 독자의 영혼이 연결된다. 아무리 생각해봐도 연결이 구원이다. 태어나서 가장 좋았던 순간은 독자들이 내 글을 읽고 눈물을 흘렸다고 말할 때였다.

지금 어디를 보고 있는가?
이 글을 읽는 순간 당신과 나는 연결된다.
같이, 꿈을 향해 걸어가보자.

ⓒ김성희

콘서트홀에서 흐르던
디베르티멘토의 우아한 멜로디 속으로
슬픔이 사라져갔듯이.
우리를 아프게 하는 기억들은 사라진다.

3

내가
사랑하는 것들

이브와 함께
해변의 노을을 봤다

──────────── 내가 키우는 강아지의 이름은 '이브'
와 '아담이'다. 둘 다 2001년생으로 나이가 아주 많다. 몇 해
전, 이브의 엉덩이에 작은 종기가 생겼는데 동네 병원에 데
리고 갔더니 암일 수 있다면서 전신마취를 하고 수술해야 한
다고 했다. 다른 동네 병원에서도 비슷한 진단을 내렸다. 게
다가 이브는 나이가 많기 때문에 전신마취를 견디지 못하고
세상을 떠날 수도 있다고 했다. 당시엔 이브가 곧 세상을 떠
날 줄 알고 너무 낙심하여 아무것도 할 수 없었다. 그래서 이
브와 마지막이 될지도 모르는 여행을 떠나기로 했다. '이브가
바닷가에서 뛰놀 수 있게 해줘야겠다'고 생각하며.

이브와 아담이를 데리고 인천에 있는 을왕리 해수욕장에
갔다. 이후로도 시간이 생길 때마다 강아지들을 데리고 서
해안을 여행했다. 서울에서 가까웠기 때문에 당일치기로 다
녀올 수 있었다. 그해 여름의 여가 시간은 모조리 강아지들
과 여행하는 데 바쳤다. '이브야, 미안해, 네가 암에 걸린 줄
도 몰랐어. 이브야, 언니가 너를 해변에서 뛰어놀게 하고 싶

었어.' 속으로 이렇게 중얼거렸다. 이브는 해변의 모래사장을 잘 걸어 다녔고, 폴짝폴짝 뛰기도 했다.

그러다 문득 다른 병원에 가봐야겠다는 생각이 들었다. 수술 날짜를 하루 앞두고 이브를 대학교 부설 동물병원에 데리고 갔다. 교수님은 이브를 보자마자 "암이 아니에요. 마취할 필요도 없어요. 여기를 실로 묶어서 떼어내면 되는 건데, 물론 조직검사는 해보겠지만 암일 가능성은 거의 없어보여요"라고 말했다. 그 자리에 엎드려 절하고 싶었다. 이브는 교수님 말대로 간단한 처치만으로 회복했다. 당연히 수술할 필요도 없었고 약을 먹을 필요도 없었다. 그때 얼마나 기뻤는지는 글로 표현할 수 없다.

아담이는 내가 부르면 고개를 좌우로 갸우뚱한다. 강아지들이 고개를 갸우뚱하는 이유는 소리를 더 잘 듣기 위함이다. 아담이는 나한테 더 집중하기 위해 고개를 갸우뚱, 갸우뚱했던 것이다. 그 사실을 알고 난 뒤에 그 모습이 얼마나 귀엽던지! 아담이가 갸우뚱거리며 동그란 눈으로 나를 빤히 쳐다볼 때마다 달려가서 와락 껴안아주곤 했다. 그러던 어느 날, 아침에 일어나보니 아담이가 같은 자리를 뱅뱅 돌고 있었다. 눈도 좌우로 빠르게 흔들렸다. 병원에 갔더니 수의사 선생님이 나이 많은 강아지에게 쉽게 나타나는 증상이라고 설명하면서 며칠 약을 먹이며 지켜보자고 했다. 다행히 아담이는 금방 회복했지만 그후로 한동안 좌우로 고개를 움직이지 않았다. 병의 후유증처럼 보였다. 가끔 아담이가 내 얼굴을 볼 수 있는지 궁금해질 때가 있었다. 그래서 아담이의 눈을 들여다보면서 "꼭 나을 거야"라고 말을 건네곤 했다. 몇 달이 지난 뒤, 다시 아담이가 갸우뚱하고 고개를 좌우로 움직이기 시작했다!

그후에도 이브와 아담이는 일 년에 한두 번씩 크게 아팠다. 그래서 다시 이브와 아담이를 데리고 동물병원에 다니면서 치료를 받았는데, 다행히 거의 회복되어 잘 걸어 다니게 되었다. 이 책을 쓰고 있는 지금도 강아지들이 내 옆에서 돌아다닌다. 비록 옛날처럼 오래 산책할 수는 없지만, 차를 타고 장거리를 갈 수도 없지만, 저 많은 나이에도 자신의 다리로 걸어 다니는 것이 기적이라고 생각한다. 아직은 우리 강아지들이 건강하지만 앞으로 더 약해질 것이다.

아침에 일어날 때마다 제일 먼저 우리 강아지들을 살피고 기도한다. 밤새 무지개다리를 건너지 않았을까 조마조마할 때도 있어, 잠들어 있는 모습을 다시 살피곤 한다.

강아지는 특별한 창조물이다. 사랑을 주고 대가를 바라지 않기 때문이다. 그런 면에서 강아지의 영혼이 인간의 것보다 더 우월하다고 생각한다. 인간은 자신이 사랑을 주면 반드시 그 대가를 바라니까. 그들과 함께 지내온 시간은 나를 성장시켰다. 인간에게 실망하더라도 강아지에게 실망하는 법은 없었다. 강아지는 무조건적이고 희생적인 사랑을 베풀어주며, 매순간 살아 있음을 즐기는 우리의 구원자이다.

만일 강아지를 키우지 않았다면, 아침 일찍 강아지 콧등을 살짝 건드리면서 "이브야!" 하고 부르는 경험을 하지 못했을 것이다. 강아지를 키우지 않았다면 내가 "아담아!" 하고 부를 때 귀를 쫑긋거리고 쳐다보는 강아지의 표정을 알지 못했을 것이다. 강아지를 키우지 않았다면 노을이 지는 아름다운 해변을 강아지와 걷는 아름다운 경험을 해보지 못했을 것이다.

이브, 아담이와 함께 노을을 보았던 바다, 그 풍경은 내가 본 풍경 중에 가장 아름다웠다. 언젠가는 아담이와 이브 사진을 보면서 슬퍼할 때가 올 것이다. 하지만 우리가 함께 보낸 시절은 기억 속에서 영원하다고, 그럴 가치가 있었다고 믿는다.

나만
고양이 없어

———————————— 고대 이집트에는 고양이 숭배가 있었다. 페르시아의 황제 캄비세스 2세는 병사들에게 펠루시움 전투에 고양이를 데리고 나가라고 명령할 정도였다. 고양이를 본 이집트 병사들이 죄책감 때문에 화살을 쏘지 못할 것이라고 판단했기 때문이다.

이런 이집트의 고양이 숭배는 오늘날 '트위터 인간들'에게 전승되었다. 한때 트위터에서 '나만 고양이 없어'라는 문구가 유행했던 걸 기억하는가? 거의 모든 트위터 인간이 고양이를 숭배하는 집사처럼 보이던 시절, 고양이를 키우지 못하는 사람은 '왜 나만 고양이가 없는 거야!' 하면서 울부짖었다. 왜 다들 그렇게까지 고양이를 좋아할까?

고양이가 가진 귀여움의 절정은 핑크 젤리 발바닥에 있다. 인터넷을 좀 하는 사람은 핑크 젤리 사진을 몇 장씩 소장하고 있으며 틈틈이 스마트폰의 동물 폴더를 들여다본다. 고양이는 자신의 최대 무기가 귀여움이라는 것을 잘 안다. 몇 번쯤 집사들을 할퀴거나 '냥냥펀치'로 인정사정없이 때려도 집사가 꼼짝없이 당할 수밖에 없다는 것도 안다. 가련한 집사들은 냥냥펀치를 맞을 때마다 은혜로운 선물을 받은 것처럼 즐거워한다.

그동안 관찰한 바에 따르면 고양이와 같이 사는 인간들은 장롱 밑에 꽁꽁 감추어둔 '겸허함'이 있다. 자신을 한껏 낮추고 비운다. 인간보다는 고양이가 훨씬 모실 가치가 있기 때문이다. 그래서 스스로를 '집사'라고 부른다. 고양이를 키울 수 없어서 인터넷으로만 고양이를 아끼는 사람은 스스로를 '랜선 집사'라고 부른다. 그들은 알고 있다. 고양이는 누구에게도 주인의 자리를 허락하지 않는다는 것을. 그렇기 때문에 사람은 고양이의 품위 유지를 위한 온갖 잡무를 도맡아 하는 집사의 자격으로만 곁에 있을 수 있다.

나는 오랫동안 미술작품, 강아지, 고양이, 염소, 수달, 여우, 북극곰, 애니메이션, 인테리어, 건축물, 패션모델, 문구, 수호랑과 반다비, 디즈니, 〈스타워즈〉와 〈스타 트렉〉, 팬아트, 로봇, 록밴드, 크리스천 베일, 그루트, 토르, 크리스 에번스 등 별별 사진 자료를 모아왔다. 주로 저장 용량의 문제 때문이었고 가끔은 취향이 변해서 또는 단순히 번잡스러움이 싫어서 십여 개의 폴더를 아예 삭제하곤 했다. 잔혹한 삭제의 시즌에도 항상 살아남는 건 동물 사진 폴더였다. 록밴드 폴더가 삭제된 뒤에도, 영화 폴더가 삭제된 뒤에도, 남자친구 폴더가 삭제된 뒤에도 냥냥이 폴더 안에 있는 고양이 사진은 계속 남는다.

우연한
기적

———————————— 여행은 단순하게, 우연히 시작된다.

어린 시절에 버스를 타고 종점까지 가본 적이 있다. 종점에 내린 뒤에 다시 버스를 타고 집으로 와서 늘 하던 것처럼 숙제를 했다. 그저 버스를 조금 더 오래 타고 싶었을 뿐이었다. 버스 창밖으로 스쳐지나가는 거리의 풍경이 좋았기 때문에. 가만히 앉아 있는데 움직이는 창밖 풍경이 신기했다. 어릴 때는 창밖 풍경이 뒤로 가는 걸 구경하고 싶어서 차를 탈 때마다 설레곤 했다. 그것이 내가 혼자 해본 최초의 여행이다.

여행은 우연히 시작되어 우연을 만나는 과정이다. 그리고 새로운 추억이 생길 때마다 여행지는 새 이름을 갖게 된다. 내게 해운대는 '원빈보다 잘생긴 큰빈이를 만난 해변'이다. 을왕리 해변과 대부도는 내가 아담이와 이브라는 이름을 가진 비숑프리제 강아지들을 데리고 여행했던 해변이다. 아담이는 이 책을 마무리할 때쯤 무지개다리를 건넜다. 을왕리 해변과 대부도는 그때의 추억 때문에 '아담이 이브와 함께한 해변'이 되었고, 내가 가본 해변 중에 가장 아름다운 해변이 되었다.

여행을 많이 하지 못했고, 유럽 여행은 시도해본 적도 없다. 늘 일에 쫓기며 살았다. 하지만 인천에 가도 오스트리아 빈에 간 것처럼 행복하다. 꼭 열 시간 넘게 비행기를 타고 근사한 호텔에서 조식을 먹어야 좋은 여행은 아니니까. 여행지에서 만나는 작은 행운들에 의미를 부여하면 여행은 충분히 만족스러운 것이 될 수 있다. 이것은 삶의 모든 순간에도 적용된다. 뜻밖에 찾아온 큰 행운은 당연히 우리를 기쁘게 한다. 그런데 작은 행운에서 큰 행복을 느끼게 되는 순간도 있다. 나는 후자를 자주 경험하는 사람이 행복과 가장 가까운 곳에 있다고 생각한다.

알베르트 아인슈타인은 "이 세상에는 두 가지 사람이 있다. 기적이 없다고 생각하는 사람과 모든 것에서 기적을 발견하는 사람이 있다"라는 말을 남겼다. 어떻게 하면 모든 것에서 기적을 발견할 수 있을까? 자신에게 너그러운 태도, 희망을 간절하게 구하는 마음, 사랑을 믿는 것. 이 세 가지가 기적을 발견하는 눈을 선물한다.

평생 공부하는
학생처럼

──────────── 프리랜서로 살아왔기 때문에 소득이
불안정했다. 내일 일을 미리 알 수 없어 적금을 든 적도 없다.
프리랜서에게 적금은 사치이다. 어느덧 대기업의 임원이 된
대학 동기들과 달리 기업체의 임원이 될 수도 없다. 프리랜
서였기 때문에 부당한 대우를 받아도 의견을 적극 개진하지
못하고 말없이 참아야 했다. 프리랜서였기 때문에 불안으로
인한 만성 통증과 위장병에 시달렸다.

하지만 가진 것이 없는 프리랜서였기 때문에 평생 공부하
는 학생처럼 살 수 있었다. 어려운 시기마다 나를 일으켜 세
운 것은 내면을 향한 탐색과 그 도구로서의 공부였다. 가능
한 한 '평생 공부하는 사람'으로 살고 싶다. 일하는 사람으로
서 나는 만성 불안에 시달리는 프리랜서 작가이지만, 공부하
는 사람이 되면 우주의 신비에 접근할 수도 있고, 다른 이의
아픔에 공감할 수도 있고, 세계의 미래를 걱정할 수도 있다.
다시 태어난다고 해도 공부하는 삶을 택할 것이다.

경제적으로 여유가 있었다면 좀 더 일찍 공부를 시작했겠

지만 나에게는 그런 행운이 없었다. 그래서 돈이 없는 것에 대한 분노가 내면에 항상 있었다. 그 분노를 에너지로 만들어 삶을 적극적으로 개척해왔으니, 나는 내가 가난했던 것에 감사한다. 만일 금수저로 태어나 평생 경제적인 걱정 없이 살았다면 지금 이룬 것의 십 분의 일도 이루지 못했을 것이다. 게으르게 사는 것을 선호하기 때문이다.

어느 날 꿈속에서 바닷가에 서 있는데 거대한 해일이 밀려왔다. 해일로 인해 바닷속 모습이 드러났다. 그 꿈은 현실에 대한 상징이었다. 당시 해일 같은 일을 겪고 있었고, 그 때문에 억누르던 모든 감정이 수면 위로 떠올랐다. 평생 마주하지 않아도 될 무의식의 풍경을 만났다. 그때 꾸었던 꿈이 계기가 되어 뒤늦게 대학원에 진학했고 다시 공부하게 되었다. 무엇에 홀린 듯 대학원에 진학하게 되었는데, 몇 년이 지난 지금 생각해보면 그 순간이 내 인생의 터닝 포인트였다. 그 선택으로 인해 새로운 출발점에 서게 되었다. 심리학 공부는 인생 최고의 선택이었다.

고등학생 때 대학 입시를 치른 뒤 가장 먼저 산 책은 프로이트의 《꿈의 해석》이었다. 고등학생 시절부터 정신분석학에 호기심이 있었다. 프로이트 저서들을 읽으면서 완전히 매료되어서 매일 아침마다 노트에 내가 꾼 꿈을 적고 분석해보곤 했다. 전공은 중학생 때 마음먹은 대로 사회학을 택했지만, 방송작가로 일할 때도 항상 심리학을 공부했다.

방송작가 생활로 화려한 이력을 얻었지만, 지나치게 많은 일을 오래한 바람에 번아웃 상태에 빠졌다. 천성적으로 큰 욕심이 없어 느긋하게 살면서 사람들과 어울리는 것을 좋아하는데, 일에 파묻혀 고립된 상태로 오랜 시간을 보냈더니 내가 누구인지조차 잊어버리고 말았다. 이런 상태를 심리학에서는 '막다른 골목Impasse'이라고 한다. 내가 떠나온 집은 이미 불에 타버렸고, 새로 옮길 집은 아직 나타나지 않은 상태였다.

여기저기 두리번거리다가 연세대학교 연합신학대학원에 상담전문과정이 있다는 사실을 알게 되었다. 정신을 차리니 대학원 입학식장에 있었다. 대학원장님의 설교 말씀을 들을 때 온몸에 전율이 흘렀다. 감동으로 벅차올라 숨이 막힐 지경이었다. 그 자리에서 '감사합니다'라는 말을 백 번은 더 중얼거린 것 같다. 그 순간, 내가 왜 거기에 있는지 분명하게 깨달았기 때문이다. 아주 오래전부터 그곳에 있기로 약속된 사람 같다는 생각이 들었다.

뒤늦게 학교에서 다시 공부할 수 있게 되자 어릴 때 잃어버린 꿈을 되찾은 것처럼 기뻤다. 다시 학생이 됐다는 사실이 매우 좋아서 팔짝 뛸 정도였다. 대학 졸업 후 형편이 어려워서 대학원에 진학하지 못했기에, 이번 대학원 입학으로 인생을 다시 리셋하는 기분이었다. 게다가 사심 없이 무언가를 배우는 행위처럼 무해한 것은 이 세상에 없다. 목적 없는 공부는 지복이다.

그후 정신분석연구소에서 한 정신분석가의 사례 발표를 들으며 오랫동안 궁금하던 질문에 대한 대답을 스스로 찾았다. 심장이 내 머리에서 뛰는 것처럼 느껴질 정도로 엄청난 기쁨이었다. 그 순간 느낀 기쁨의 강도는 번개가 나를 치고 지나가는 것과도 비슷할 정도였다. 물론 그런 깨달음을 얻기까지 오랜 시간 내면이 서서히 변해왔다. 마음의 얼음왕국이 아주 천천히 녹았다. 일상에서 벌어지는 자잘한 일들이 선물이나 축복처럼 느껴지는 순간이 늘었다. 예를 들어 계절의 변화를 느낄 때가 그랬다. 몇 달 동안 얼음왕국에 사는 것처럼 춥다가 어느덧 따뜻한 봄기운이 퍼지고 얼음이 녹기 시작할 때, 겨울에도 끝이 있다는 사실 자체가 기적처럼 느껴져 감사한 마음이 들었다. 이런 변화는 냉소적인 기질이 있던 나에게는 기적과도 같았다.

심리학자 로버트 이먼스Robert Emmons가 감사의 심리적 효과에 관해 쓴 저서《Thanks!》에는 이런 문장이 있다. "시련의 시기에 갖는 감사의 마음은 단순히 '긍정적 사고' 또는 '행복의 기술'이라기보다는 '삶의 최악의 순간에도 좋은 측면을 발견할 수 있다'는 사실에 대한 심오한 인식을 끌어낼 수 있다."

인생은 시련 없이 진행되지 않는다. 근본적으로는 존재의 조건 자체가 시련이다. 많은 사람이 감사하는 마음을 갖기 어려운 이유가 여기에 있다. 나는 심리학 공부를 통해 감사하는 마음을 갖게 되었다. 나는 공부하는 사람으로 사는 것이 행복하다.

불안하면서도
행복했던 시절

———————————— 그림을 보고 음악을 듣고 영화를 보는 것은 내 유전자에 새겨진 행복의 요소이다. 부모님이 그러셨다. 아버지는 사업가였지만, 예술을 사랑해서 갤러리를 운영했고 취미 삼아 그림을 그렸다. 부모님은 음악과 영화를 사랑했고, 시대를 앞서가는 패셔니스타였다. 나는 유전적으로 트렌디한 것을 좋아하는 예술애호가로 결정되었다.

스크린 위에 나타나는 아름다운 장면과 색채를 사랑한다. SF 영화를 좋아하는 이유도 현실의 어느 곳에서도 볼 수 없는 아름다운 물체들을 큰 화면으로 볼 수 있기 때문이다. 거대한 우주선이 우주에 떠 있는 모습만 봐도 가슴이 뛰기 시작한다. 랄프 맥쿼리Ralph McQuarrie의 〈스타워즈〉 콘셉트 아트를 사랑한다.

시각적인 자극에서 즐거움을 느껴 대학교를 졸업할 무렵부터 독립영화창작연구소에 참여했다. 그 시절에는 극장에서 영화 세 편을 보고 집에 들어와서 비디오로 몇 편을 더 본 날도 있었다. 비디오대여점이나 독립영화창작연구소에서 빌

려온 비디오 영화 한 편을 연달아 다섯 번 이상 반복해서 보기도 했다. 그때는 영화를 보고 영화의 역사에 관한 책을 읽는 것이 가장 즐거웠다. 관객이 두세 명밖에 없는 극장에 앉으면 나만의 낙원으로 들어가는 기분이었다. 세상에 고독한 시네필(영화광)은 없다. 시네필은 극장에 가면 혼자 있어도 파티를 하는 기분이니까.

1990년대에는 다른 시네필처럼 마틴 스코세이지 영화를 좋아했다. 〈택시 드라이버〉와 〈성난 황소〉가 특히 좋았다. 세계적인 감독이 된 봉준호는 과 후배였는데, 그 독립영화창작연구소에서 만났다. 영화 소모임의 리더였던 그는 〈성난 황소〉에 나오는 조 페시Joe Pesci의 대사를 인용하면서 마틴 스코세이지를 만나고 싶다는 이야기를 유머러스하게 들려주었다.

마틴 스코세이지와 더불어 데이비드 린치David Lynch 감독의 영화도 좋아했다. 그때 사귀던 남자친구는 데이비드 린치 영화에 나오는 대사를 인용해 나를 웃기곤 했다. "이 뱀가죽 재킷은 내 아이덴티티지"라며.

하루는 영화감독을 꿈꾸던 친구들과의 모임에서 윌리엄 버로스William Burroughs의 소설 제목과 데이비드 린치의 이름을 따서 '네이키드 데이비드'라는 가상의 록밴드를 만들었다. 영국의 4인조 가상밴드인 고릴라즈보다 훨씬 일찍 결성

되었지만 데뷔는 하지도 못했다. 애초에 그럴 의도가 조금도 없었기 때문이다. 그 무렵 홍대 근처 카페에서 LP를 트는 아르바이트도 했었다. 나는 영화감독 지망생이자 카페의 디제이었다.

그때는 미래에 무엇이 될지 알 수 없어 매일 불안에 쫓기며 잠이 들었다. 그렇지만 지금 생각해보면, 그 시절은 불안한 만큼 충만한 시기였다. 무엇이 되는 것이 뭐 중요할까. 가슴이 터지도록 음악과 영화를 좋아했고, 록음악이 나오는 카페에서 디제이를 했고, 독립영화창작연구소에서 단편영화를 찍으려 했고, 극장에서 하루에 세 편씩 영화를 봤고, 비디오를 하루에 열 편씩 보곤 했는데. 친구들과 데이비드 린치 영화 대사와 록음악 가사를 인용해가며 수다를 떨었다. 그리고 옷은 세상에서 두 번째로 이상하게 입었다. 이보다 더 즐거운 삶이 있을까?

이 글을 쓰면서 떠올리게 된 그 시절이 간절히 그리워진다. 데이비드 린치의 영화 속 대사와 록음악 가사를 인용해서 말하는 친구들이 곁에 있던 시절이 그립다. 우리들만 아는 팝송 가사에나 나올 법한 말들로 농담하며 낄낄거리고 아무도 모르는 영화를 찾아보고 새벽까지 홍대 앞 라이브 카페에서 U2 카페밴드의 연주를 듣던 시절이 그립다.

미래에 무엇이 될지 알 수 없어 불안했던 시절,
무엇이든 될 수 있어서 즐거웠다.

24시간
파티 피플

──────────────── 댄스. 이 말을 발음하면 기분이 좋아
진다. 몸을 움직이는 것, 춤추는 것을 좋아한다. 나를 잘 모
르는 사람들은 내가 글을 쓰는 사람이기 때문에 매우 내성적
이어서 춤을 추지 않을 것이라고 생각한다. 하지만 나는 태
어나서 한 번도 얌전하게 산 적이 없다. 낯선 사람과 만나는
것을 좋아하고, 파티와 페스티벌은 생각만 해도 가슴이 뛸
정도로 좋아하며, 노래방에서 노래하는 것과 새벽까지 공연
보고 노는 것을 좋아한다. 작가라고 해서 어두운 얼굴로 노
트북만 바라보라는 법은 없다. 솔직히 말하면, 타고난 성격
때문에 작가라는 직업이 잘 어울리지 않는다고 생각한 적도
있었다. 록밴드를 하고 싶었던 적도 있었다. 작가는 상상했
던 나의 미래 중 가장 평범한 직업이었다.

어릴 때는 TV에 나오는 가수들의 춤을 그대로 따라했다
고 한다. 중학생 때부터 팝을 더 자주 접하며 외국 뮤직비디
오에 나오는 스타들의 춤을 흉내 내면서 성장했다. 가장 좋
아하는 댄스 장면은 영화 〈가디언즈 오브 갤럭시〉에서 베이

비 그루트가 잭슨파이브의 노래 〈나에게 다시 돌아와줘I want you back〉에 맞춰 춤추는 장면이다. 영화를 보고 난 뒤, 그 노래를 부르는 마이클 잭슨의 어린 시절 영상을 유튜브에서 찾아 매일 들었다. 마치 그 노래가 나의 모든 시름을 거둬갈 것처럼. 그 노래가 평온하고 안전하던 어린 시절로 데려다줄 것처럼.

1990년대 초반, 신촌에 있던 LP바를 자주 다녔다. 당시 대학 친구들은 모두 록마니아였고 나는 레드 제플린, 딥 퍼플, 도어즈 같은 록밴드 음악을 좋아했다. 자리에 앉아 록음악을 듣는데 언제부터인가 의자에 앉아 있던 손님들이 하나둘 일어나서 테이블과 테이블 사이에서 춤을 추기 시작했다. 친구들은 "춤추는 데 가보자" 하더니 록음악에 맞춰 춤추는 카페를 찾아다녔다. 그후 유행에 빠른 몇몇 바 주인들이 홍대 앞을 중심으로 아예 춤을 추기 위한 카페를 런칭했다. 일명 '록카페'라는 공간의 시작이다. 처음에는 강렬한 록음악이 흘러나왔지만 점점 입소문이 나서 손님이 많아지자 좀 더 대중적인 인기가요나 댄스곡들도 나왔다.

1990년대 중반 이후, 친구들과 나는 당시 유행하던 모던록과 일렉트로닉 음악을 선곡하는 홍대 앞 클럽을 골라 다녔다.

큐어의 〈사랑에 빠진 금요일Friday I'm In Love〉이나 언더월드의 〈본 슬리피Born Slippy〉가 나오면 "와~"하고 환호성을 지르며 댄스플로어로 나갔다. 좋아하는 음악의 첫 비트가 나오면 아무것도 생각나지 않았다. 세상은 댄스플로어에 내려앉아 나의 스텝 아래서 산산이 부서졌다. 춤을 추면서 답답한 세상에 창문을 냈다.

보이지 않는 미래 때문에 만성 불안에 시달리던 1990년대 중반의 나를 달래준 것은 큰 스피커와 음악이었다. 춤을 추는 것은 순간에 몰입하는 것이다. 춤을 추는 사람들은 내일 일과표를 짜면서 스텝을 밟지 않는다.

우리나라에서 EDM 페스티벌이 열리자 내 세상을 만난 기분이었다. 본래 크라프트베르크Kraftwerk와 같은 전자음악을 좋아했는데, 2009년에 글로벌 개더링 코리아GGK에 갔다가 트랜스 음악도 매우 좋아하게 되었다.

EDM 페스티벌을 좋아하는 이유는 수많은 사람이 동시에 움직이는 장관을 볼 수 있기 때문이다. 음악이 고조되면 수천, 수만 명이 동시에 다 같이 뛰어오르고 익숙한 후렴구가 나올 땐 다 같이 두 팔을 크게 벌려 하늘을 향해 노래한다. 마치 아리아의 절정을 노래하는 오페라 가수처럼. 하울링하는 늑대처럼. 그 순간 모든 사람이 웃고 있다. 그 미소를 본 적이 있는가?

EDM 페스티벌에는 특이한 코스튬을 입고 오는 사람들도 많다. EDM 페스티벌이나 파티를 '레이브rave'라고 하며, 레이브에 참여하는 사람을 '레이버'라고 부르는데, 나는 그들의 파티 정신을 사랑한다. 레이버들은 페스티벌에 오면 계속 미소를 짓는다. 처음 만났지만 레이버들은 서로 반갑게 인사한다. 자신이 좋아하는 음악을 계속 들을 수 있기 때문에, 레이브는 말 그대로 파티이기 때문에, 우리 인생이 파티이기 때문에 웃는 것이다. 파티에는 미소가 어울린다. 행복한 표정의 사람들을 구경하는 것이 너무 좋다. 그들 사이에 있으면 기쁨이 전염된다.

인생에서 기쁨과 놀라움을 발견할 수 있는 마음이 있다면 누구나 '24시간 파티 피플'이 될 수 있다. 어린아이의 마음으로 코스튬을 입고 파티를 하라. 아무도 파티 하지 않는 세상처럼 끔찍한 것은 없다.

멈추지 않는 행복회로,
덕질

──────────── 친구들과 밤늦게까지 어울리는 생활을 하다가, 라디오 원고를 쓰기 시작하면서 반나절 이상을 컴퓨터 앞에 앉아 있게 되었다. 상당한 시간을 인터넷에 접속한 상태로 있었다. 이런 라이프 스타일은 건강에 매우 좋지 않기 때문에 함부로 권하고 싶지 않다. 만일 누군가가 당신에게 작가가 되라고 말하면 "어떻게 그런 어두운 말을 할수 있냐!" 하고 화내길 바란다. 작가들은 다크 포스가 지배하는 곳에 살며, 작가들이 글을 쓰는 어둠의 우주선에서는 다스베이더 같은 인간이 나타나 포스를 사용해 목을 조르기도 한다.

물론 인터넷이 피곤할 때도 있다. 하지만 인터넷이 없었다면 나처럼 영화와 음악을 좋아하는 사람은 훨씬 더 심심했을 것이다. 나는 1990년대 영국 브릿팝, 신스팝과 올드록, 인디팝과 대중적인 팝, 클래식과 EDM을 모두 좋아한다. 주변에서 나처럼 다양한 장르를 좋아하는 사람을 찾기 힘들었다. 하지만 인터넷에 접속하면 온갖 종류의 덕후, 마니아가 다

있다. 나 같은 사람에게 똑같은 음악에 열광하는 친구를 만나는 것은 환희에 찬 경험이다. 이렇게 재미와 소속감을 찾아 덕후들은 온라인으로 뛰어든다. 덕후들은 자신이 좋아하는 덕질의 대상을 떠올리는 순간을 '행복회로'를 돌리는 시간이라고 한다.

하루는 삼십 대 중반의 작가 후배를 만났는데, 나와 함께 있으면서도 스마트폰을 짬짬이 들여다봤다. 무엇을 보고 있느냐고 물었더니 수줍게 웃으며 '방탄소년단'이라고 했다. 아이돌 덕후들은 늘 스마트폰을 켜두고 있다! 시시각각 흘러나오는 방대한 정보를 쫓아가려면 그래야 한다. 그는 이렇게 말했다. "언니, 제가 이 나이에 방탄에 빠져가지고 강남역에서 다른 팬을 만나서 굿즈 교환도 해봤다니까요." 워낙에 모범생 성격인지라 이 같은 덕질은 상상도 못했다고 했다. 덕질을 시작하면 자신도 모르던 신비한 용기와 열정이 샘솟아서, 그 전에는 알지 못했던 새로운 세계로 모험을 떠나게 된다!

덕질하는 대상에는 한계가 없다. 전국의 빵집을 돌아다니는 사람도 있고, 전국 아파트 단지의 사진을 찍는 사람도 있다. 특별한 순간을 선사한 영화, 애니메이션, 음악, 동물 덕질은 누구나 쉽게 시작할 수 있다. 사진, 수채화, 철학, 클래식 드레스, 중세 시대, 스팀펑크, 철학자 비트겐슈타인의 얼굴을 덕질할 수도 있다. 무엇을 하든 자신이 즐거우면 덕질이 즐겁고 괴로우면 덕질에서 벗어나게 된다.

애니메이션 영화 〈공각기동대〉에 나오는 유명한 대사 "우리는 정보의 바다에서 태어난 생명체들이다"라는 표현을 좋아한다. 인터넷의 바다에 빠져 덕질을 하다보면, 이 표현이 떠오르곤 한다. 인터넷으로 연결된 '덕질 세상'은 우리에게 분명히 새로운 정체성을 부여한다. 음악 사이트를 통해 많은 외국인을 알게 되었다. 그들에게 '김성원'은 방송작가가 아닌, 자신들이 좋아하는 트랜스 음악 마니아일 뿐이다. 그것이 너무 좋았고 나를 위로했다. 트랜스 음악 덕질을 하다가 독일에 사는 이십 대 여성과 친구가 되었고, 브라질 십 대 소녀의 전화를 받기도 했다. 또 러시아에 사는 여성이 올린 푸틴 반대 시위 영상에 '좋아요'를 누르기도 했다.

덕질에 빠져드는 이유는 고립감에서 벗어나기 위해서이다. 우리는 누군가를 그리워하기 때문에 덕질에 몰입한다. 현실에서 크고 작은 상처를 받은 사람은 덕질을 통해 마음이 맞는 친구를 만나기도 한다. 그들만의 느슨한 연대감이 있다. 현실이 우리 얼굴에 레몬을 던지면, 우리는 레몬에 얼굴을 그려 인터넷에 올릴 수 있다.

유년기에 만난 나의 영웅,
데이비드 보위

———————— 시간을 잊을수록 행복하다. 시간이
가지 않는다고 느끼면서 시계를 계속 들여다보고 있다면, 지
금 당신은 매우 지루한 상태이다. 인생은 본래 지루하다고 주
장하는 사람도 있다. 또 인생은 무의미하고 덧없다고 주장하
는 사람도 있다. 어느 정도는 그런 면이 있다. 매 순간 뇌에서
도파민이 나와서 흥분 상태로 이끌어주진 않으니까.

이런 실존적 상황에서 우리를 구해주는 것은 몰입이다. 적
어도 좋아하는 것에 빠져 몰입할 때는 인생의 지루함과 부조
리함을 잊을 수 있다. 그리고 무언가에 몰입해 있는 사람을
보는 것만으로도 지루함을 잊을 수 있다. 무대에 서 있는 데
이비드 보위를 바라볼 때처럼.

데이비드 보위를 처음 알게 된 때는 초등학생 시절이었다.
어린이 잡지를 보던 중, 맥락과 상관없이 데이비드 보위 사
진이 부록으로 들어 있었다. 어린이가 그의 음악을 이해하거
나 팬이 될 가능성은 거의 없는데도 잡지사의 용감한 기자는

그런 선물을 준비한 것이다. 데이비드 보위는 머리카락을 곱게 염색하고 예쁘게 메이크업을 하고 있었다. 이 세상 존재가 아닌 것처럼 멋있어 보였다. 운명적으로 그에게 끌렸다. 대상이 무엇이든 생경할 정도로 새로워야 아름답다고 느끼는데 그가 그랬다. 하지만 수십 년 동안 간직해온 데이비드 보위에 대한 애정을 대다수 한국 사람은 이해하지 못했다. 뭐, 데이비드 보위뿐만이 아니다. 내가 좋아하는 것들을 한국 사람 대부분은 좋아하지 않았다.

이십 대 시절에는 '내가 왜 한국에서 태어나, 나와 다른 사람들 사이에서 숨도 제대로 못 쉬고 살아야 하는가'라고 생각했다. 무채색의 사람들, 틀에 박힌 것만 수용하는 사람들. 집단에서 배제당하지 않기 위해 개성을 말살해버린 사람들, 불확실성이 초래한 두려움에 질려 있는 사람들. 내 또래의 많은 한국인의 모습이다. 그런 사람들과 어울리며 성공적인 사회생활을 하기 위해서는 가면을 써야 했다. 고군분투하며 이십 대를 보냈다. 그후 수십 년이 지나자 데이비드 보위가 전 세계 힙스터의 영웅이 되었다. 내 어린 시절의 영웅이었던 데이비드 보위가 다시 부상해 세계적인 팬덤을 거느린 우상이 된 것이다. 특히 이십 대 젊은이들 사이에서 영웅이 되었다.

그가 사망하던 날, 나는 보위의 아들 던칸 존스 다음으로 오래 울었다. 유년기에 만난 평생의 영웅이 그렇게 쉽게 사라질 줄 몰랐다.

외국 블로그에서 이런 글을 본 적이 있었다. '데이비드 보위, 이 세상에 존재했던 가장 쿨한 고양이.' 그리고 데이비드 보위는 이런 말을 한 적이 있다. "시간은 나를 바꿀 수 있지만, 나는 시간을 뒤쫓아 갈 수 없다." 데이비드 보위는 시간의 연금술사였다. 그래서 그는 자신의 별로 돌아갔지만, 지금도 지구에 파견된 외계인으로서 어느 거리를 걷고 있을 것처럼 느껴진다.

2020년에도 데이비드 보위는 새로울 것이다. 그가 지구에 있든 다른 별에 있든, 그것은 중요하지 않다.

모차르트가
꿈에 나타났다

──────────── 중학생 때였다. 학교 운동장에 서 있
는데 저 멀리서 차이콥스키의 교향곡 비창이 들려왔다. 그 음
악을 듣기 위해 멈춰 섰다. 꼼짝할 수 없었다. 차이콥스키의
〈백조의 호수〉는 초등학생 시절 TV로 처음 봤는데, 비극적인
엔딩 장면으로 매우 슬펐던 기억이 지금도 생생하다. 비극적
인 멜로디는 소매를 파고드는 칼바람처럼 쨍했다.

아버지와 주변 친구들의 영향으로 클래식을 일찍 접했다. 특
히 중학생 시절에는 클래식을 전공하려 하거나 취미로 LP를
사는 친구들이 있었다. 학교를 마치고 나오는 길에 같이 걷
던 친구가 음반가게에 들어가 베토벤 LP를 고르는 모습을
보고 문화적 충격을 받았다. '아, 나도 돈이 있으면 저렇게
LP를 살 텐데'하고 생각했다. 그때 집안 사정이 어려워서
클래식을 라디오나 카세트테이프로 들었기 때문에 LP를 척
척 살 수 있는 잘사는 중학교 동창들이 부러웠다.

대학 시절 몸이 아플 때는 하루 이십사 시간, 심지어 꿈에
서도 음악을 들었다. 경제적으로 너무 힘들어서 음반보다 라

디오로 음악을 들었다. 라디오 클래식 채널의 프로그램을 통해 외국에서 열리는 클래식 페스티벌 소식을 접한 적이 있다. 그 페스티벌의 주제는 '만일 클래식 작곡가들이 현대로 와서 광고음악을 만든다면 어떤 곡을 쓰게 될까?'였다. 그리고 그 주제에 따라 현대의 작곡가들이 작곡한 작품들이 연주되었다. 모차르트를 대신한 작곡가는 특유의 발랄함과 천진난만함이 돋보이는 광고음악을 선보였고, 바흐를 대신한 작곡가는 '바흐가 만든 커피 광고음악'이라는 주제로 작품을 선보였다. 바흐는 〈커피 칸타타〉를 작곡한 적이 있기 때문이다.

그 시절에 즐겨 읽던 잡지 《객석》에서 신학자 칼 바르트Karl Barth가 쓴 〈모차르트에게 보내는 감사의 편지〉를 별책 부록으로 발행한 적이 있다. 바르트는 "천국에 가면 우선 모차르트의 안부부터 묻고 그 다음에 비로소 어거스틴, 토마스, 루터, 칼뱅의 안부를 묻고 싶다"고 고백할 정도로 모차르트를 사랑했다. 그는 〈모차르트에게 보내는 감사의 편지〉에서 "나는 천사들이 하나님의 존전에서 시중들 때에 바하만을 연주하는지에 대해서는 잘 모르겠습니다. 그러나 내가 확신하는 바는, 천사들이 저희들끼리 있을 때에는 모짜르트를 연주한다는 것이고 사랑의 하나님께서도 그것을 기꺼이 들으신다는 것입니다"라고도 썼다.

바흐도 좋아했지만, 점점 유려하면서도 기품 있는 모차르트의 매력에 완전히 빠져버렸다. 그 시작은 니콜라우스 아르농쿠르Nikolaus Harnoncourt가 지휘한 모차르트의 〈레퀴엠〉 중 '라크리모사'였다. 가만히 누워 라크리모사를 들으면 가슴속에서 뜨거운 물결이 일어 발끝부터 심장을 지나 머리까지 요동치곤 했다. 음악을 집중해서 들으면 음악이 우리의 마음에 들어와서 일을 한다. 마음이 찌그러지거나 울퉁불퉁해지거나 모가 날 때는 음악에 귀를 기울이면 좋다. 음악이 마음을 원래 모양대로 돌려놓는다.

그러던 어느 날, 꿈을 꿨다.

꿈속에서 나는 모차르트와 이야기하고 있었다. 모차르트는 그 당시 유행하던 가발을 쓰고 화려한 의상을 입고 있었다. 나는 신분이 높은 귀족으로 모차르트의 후견인이었다. 어쩌된 영문인지 그는 다른 귀족들과 싸우고 있었고 모함에 빠져 위태로운 처지였는데, 내가 그의 무죄를 주장하며 열렬히 변호했다.

워낙 오래된 꿈이라서 이제는 희미하지만 그 꿈을 꾼 뒤 기분이 어땠는지는 아직도 생생하게 기억한다. 한마디로 기뻐서 날아오를 것 같았다! 그런 꿈을 꾼 것이 너무 신기해서 이 세상 모든 사람에게 내 꿈 이야기를 해주고 싶었다. 밖에 나가서 지나가는 사람들을 붙잡고 "제가 모차르트 후견인이었거든요. 그런데 모차르트가 곤경에 처했어요. 제가 그를 구하려고 얼마나 노력했는지 아세요?"라고 떠들고 싶었다. 하지만 차마 그럴 수는 없어서 가까운 지인들에게만 말했다. 드디어 이 이야기를 책에 쓰고 있으니 소원이 이루어진 셈이다. 나는 꿈에서 모차르트의 후견인이었고, 그를 위해 불의에 대항한 사람이었다!

'모차르트 꿈을 꾼 이후 병이 말끔히 나았다…'라고 말하면 더 재미있겠지만, 그렇진 않았다. 하지만 그 이후 삶의 의욕이 다시 생겼고 서서히 건강이 회복된 것은 사실이다. 그래서 지인들에게 이렇게 농담하곤 했다. "모차르트가 내 병을 고쳐줬다니까, 정말이야."

그 꿈은 내가 가야 할 길에 대한 메타포가 아니었을까? 어린 시절부터 병약했고 대학 시절 몸이 크게 아파서 삼 년 가까이 고생했다. 그런데 그 어려움을 이겨내기 위해 여러 책을 읽으면서 주변 사람들에게 더욱 깊게 공감하게 되었다.

어쩌면 그 꿈은 내가 마음 아픈 사람들을 위로하는 일을 하게 된다는 암시였을지도 모른다. 내가 쓴 글이 청취자들의 마음을 위로하기를 원했다.

아무튼 모차르트가 꿈에 나타났다!

영화광은
앞자리에 앉지요

──────────────── 극장에서 앉은 자리에 따라 성향을 분석한 글을 외국 사이트에서 본 적이 있다. 앞자리에 앉는 사람은 '영화 마니아'라고 했다. 극장의 앞자리에서 영화를 보면 스크린 밖의 검은 부분이 시야에 들어오지 않는다. 그래서 자신이 영화 안에 들어가 있는 듯 느껴지기에 쉽게 몰입할 수 있다.

극장 앞자리에 앉아서 〈쥬라기 월드: 폴른 킹덤〉에 나오는 거대한 공룡들을 보았을 때 모든 스트레스가 사라지는 느낌이었다. 영화에서 한 과학자가 말했듯이 "공룡을 처음 봤을 때의 기분은 정말 굉장한 것"이었다. 물론 스크린에서 본 것이지만.

모든 것을 잃은 심정으로 가라앉을 때, 내 자신을 다시 일으켜 세울 수 있는 용기 한 줌이 간절히 필요했다. 극장 앞자리에 앉으면 스크린 밖 세상의 아픔을 잊을 수 있었고 조금 더 해보자고 용기를 낼 수 있었다. 어떤 날은 콘서트홀에서,

또 어떤 날은 극장 앞자리에서 그것을 발견했다.

몇 년 전엔 용산 CGV를 일주일에 한 번씩 가곤 했다. 특별히 보고 싶은 영화가 없어도 매주 목요일에는 극장에 가서 아무 영화나 봤다. 매번 앞에서 세 번째 줄에 앉았다. 화면 밖의 세상은 보고 싶지 않았으니까. 그리고 김치찌개를 먹고 집으로 왔다. 그렇게 정기적으로 극장 앞자리에 앉아 영화를 본 덕분에 서서히 일어섰다. 현실에서 도망가고 싶지만 숨을 곳이 없을 때 극장에 가서 위로를 받았다. 극장의 앞자리에 앉으면 현실이 있던 자리에 영화가 들어섰다.

자리에서 일어나기 싫을 때마다
"와칸다! 포에버!"

─────────────── 마블 시네마틱 유니버스, 즉 MCU
는 팬덤이 두텁다고 알려져 있지만 한 영화를 극장에서 열 번
이상 보는 사람을 만날 수 있는 곳은 인터넷밖에 없다. 나는
그런 사람들을 좋아한다. 왜냐하면 나도 영화를 여러 번 반
복해서 보기 때문이다. 취향에 맞지 않는 새로운 영화를 보는
것보다 좋아하는 영화를 반복해서 보는 것이 더 재미있다.

처음부터 마블 영화를 좋아한 것은 아니다. 〈가디언즈 오
브 갤럭시〉의 캐릭터들이 자신들을 '가족을 잃은 루저들'이
라고 표현했을 때 그들을 좋아하게 되었다. 또 아주 작은 사
이즈로 줄어들어 작은 물방울에도 위협받는 앤트맨을 좋아
했다. 영웅도 하찮은 모습으로 등장할 수 있다는 것을 보여
줬으니까. 이 영화에 나오는 '와칸다'에는 의학 기술이 매우
발달해 있다. 영화 〈블랙 팬서〉는 아픈 사람을 위한 영화라
고 주장하고 싶다. 어릴 때부터 잔병치레가 잦은 내 친구도
〈블랙 팬서〉를 보고 난 뒤에 "와칸다로 이민가고 싶어!"라고
했다. 우리는 와칸다의 의학 기술이 필요하다.

몸이 아프지 않을 때는 마음이 아팠다. 하루는 스트레스 때문에 마음이 짓눌려 침대에서 움직일 수가 없었다. 그때 문득 두 팔을 감싸 안으며 "와칸다! 포에버!"하고 외쳐보았다. 그랬더니 신기하게도 자리에서 벌떡 일어날 수 있었다. 역시 와칸다는 의학의 고향이다! 건강을 염원하는 사람은 마음의 고향, 와칸다를 지키기 위해 매일 "와칸다! 포에버!"를 외치며 미세먼지처럼 촘촘히 박혀 있는 스트레스와 맞서 싸워야 한다.

영화에 나오는 슈퍼히어로들이 비현실적일지는 몰라도, 그들에게 생명을 불어넣는 것은 현실적인 우리들의 바람이다. 선함. 두려움 없는 용기.

그저 정의를 위해 싸우는 존재가 있다는 사실이 좋다. 악당들이 초래한 기후변화 때문에 거대한 태풍이 생겨나고 망망대해를 항해하던 조각배가 위태로워질 때, 저 머나먼 와칸다에서 날아온 슈퍼히어로가 그 배에 탄 사람과 동물을 구하는 스토리. 낮잠을 잔다면 이런 꿈을 꾸고 싶다.

모퉁이를 돌면
편의점이 있다

—————————————— 삼각김밥, 아이돌 샌드위치 같은 편
의점 히트 상품을 좋아한다. 일일이 다 먹어볼 순 없어도 편
의점 음식 리뷰를 올리는 블로그나 인스타그램을 찾아본다.
편의점 음식 몇 개를 섞어서 새로운 방식으로 조리해 올리는
사람도 많은데, 친구가 들려주는 레시피 팁처럼 정겹게 느껴
진다.

낯선 곳으로 여행을 갔을 때는 편의점에 더 자주 가게 된다.
어느 곳에 가든 같은 모습의 편의점이 있다는 사실에 든든하
다. 외국의 작은 동네에 갔을 때 익숙한 맥도널드 로고가 보
이면 안심하는 심리와 비슷하다.

편의점을 사랑하는 사람들, '편의점 덕후들'이 자주 보인다.
사람들은 쇼핑하는 동안 꽤 근사한 기분을 느낀다고 한다.
편의점에서 컵라면을 고르면서 자신이 빅토리아 시대의 귀
족이 되었다고 느끼지는 않겠지만, 거추장스러운 관습을 싫
어하는 현대적 유목민이 됐다고 생각할 수는 있다. "성을 쌓

는 자는 망할 것이며, 끊임없이 이동하는 자만 살아남을 것이다." 칭기즈칸이 남긴 이 말을 편의점에서 컵라면을 집어들며 떠올려보자. 칭기즈칸과 컵라면 사이의 부조화가 만드는 희극적 에피소드의 주인공이 되어보는 것이다.

어떤 편의점은 알록달록한 선물가게 같다. 한가한 일요일 오후에 편의점에서 투 플러스 원 행사 중인 과자와 음료수를 잔뜩 사서 에코백에 집어넣으면 기분이 좋아진다. 어머니 생신을 축하하기 위해 백화점 하나를 통째로 빌려서 쇼핑하게 해줬다는 빌게이츠가 될 수는 없지만, 편의점에서 작고 단 것들을 쓸어 담을 수는 있다.

달맞이고개의 우아한 레스토랑에서 음식을 먹는 것도 재미있지만, 소문난 편의점 음식 조합을 직접 실험해보고 '이건 맛있다' '이건 아니다' 하고 판정해보는 것도 재미있다. 만일 적성에 맞으면 블로그에 본격적으로 편의점 음식 리뷰를 올려보자. 비싼 음식점과 고급 와인 포스팅은 평범하다. 하지만 편의점 비밀 레시피 포스팅이 올라오는 블로그는 강아지가 소파 밑에 숨겨놓은 베이컨 조각처럼 귀엽다.

편의점에 가면 기억의 한 조각을 마주한다. 일을 너무 많이 해서 제때 밥을 먹을 수 없을 때, 편의점에서 간단히 요기

할 것을 사서 차 안에서 먹곤 했다. 그 시절에는 차에서 간단하게 먹을 수 있다는 이유로 삼각김밥과 김밥을 사랑했다. 해가 갈수록 처리해야 할 정보는 많아졌고 책임은 점점 늘어갔다. 일에 치여 하루하루 버티다보니 혼란의 폭풍이 내 찻잔 속에서 넘실댔다. 그때 나에게는 모든 것이 아기자기하게 준비되어 있는 편의점이 선물가게가 되었다. 모퉁이를 돌 때마다 선물가게가 있었다.

캐릭터 굿즈로
행복을 사다

——————— 스타벅스에서 초콜릿으로 만들어진 작은 눈사람이 떠 있는 음료를 '크리스마스 홀리데이 스페셜'로 출시한 적이 있다. 인터넷에서 사진을 보고 '나를 위한 음료구나' 하는 생각이 들어 스타벅스에 가서 그 음료를 주문했다. 나의 닉네임 '비숑언니'를 부르기에 달려갔더니 음료는 있는데 눈사람은 보이지 않았다.

"눈사람은 어디 갔나요?"

"눈사람이요…. 아래로 빠졌어요."

알고 보니, 눈사람이 음료 속으로 쉽게 빠진다고 했다. 대개 음료를 다 마신 뒤 컵 바닥에 눈사람의 형태만 어렴풋하게 남아 있는 초코를 확인하게 된다는 트위터 글을 보았다. 실제 그 '흔적의 인증샷'까지 보고는 충격받았다! 어린 시절 크리스마스마다 방영되던 〈눈사람〉이라는 애니메이션을 본 이후 눈사람 때문에 마음이 아픈 것은 처음이었으니까. 음료에 캐릭터를 띄우는 것만으로도 이렇게 동심으로 돌아갈 수 있다.

언제가 라디오에 이런 사연이 온 적이 있다. 캐릭터 상품이 몹시 좋아 캐릭터 굿즈를 자주 사는 자신이 돈을 낭비하는 것인지 물어보는 내용이었다. 굿즈를 사는 것이 낭비라면 현대인의 생활 방식은 모두 거대한 낭비일 것이다.

행복은 가성비에서 오는 것이 아니라,
자신을 설레게 만드는 물건을 고심 끝에 사는
애틋한 행위에서 온다.

라이언 양치 세트가 비싸서 살까 말까 고민하는 후배에게 이런 이야기를 해준 적이 있다. "캐릭터 굿즈를 사면 기분이 좋아지잖아. 굿즈의 가격은 행복을 사는 데 드는 비용이라고." 캐릭터 굿즈를 사는 것은 행복을 사는 일이다.

오래전에 작가 후배가 〈심슨 가족〉에 나오는 바트 심슨 인형을 선물하였다. 바트는 기발하고 유쾌한데 장난이 너무 심해서 현실에서 만나면 조금 곤란할지도 모르겠지만… 인형은 마냥 귀엽다. 지금 그는 책상 위에서 나를 쳐다보고 있다. 그 옆에 있는 반다비 인형은 눈동자가 옆을 향해 있다. 마치 다른 이들이 보지 못하는 세상의 비밀을 꿰뚫어보는 것 같다. 수호랑, 오버액션토끼, 〈스타워즈〉의 레이와 카일로 렌, 츄

바카, BB8 등 책상 위에 있는 여러 피규어를 보면 기분이 좋아진다. 글을 쓰면서 하루 종일 책상 앞에 앉아 있으니, 내 시선이 오래 머무는 책상 위에 내가 좋아하는 것들을 올려두고 싶어진다.

캐릭터 상품을 사는 것은 스크린이나 만화책 속에 존재하는 행복을 손으로 잡을 수 있는 거리에 두는 것을 의미한다. 그들은 당신을 사랑하기 때문에 당신의 눈에 띄어 당신 곁에 온 것이다.

순수한 사람들은 쉽게 지친다.
캐릭터들은 순수해서 지친 이들을 위로한다.

나는 전생에
떡볶이였다

─────────── 만일 달이나 화성에서 살게 된다면, 떡볶이 가게에서 파는 떡볶이를 먹을 수 없어 힘들 것 같다. 친구들이 "너는 왜 그렇게 떡볶이를 좋아해?"라고 물은 적이 있다. 일 초의 망설임도 없이 "나, 전생에 떡볶이였어"라고 대답했다. 무심결에 우주의 비밀을 발설하고 말았다. 그날 이후 내가 전생에 떡볶이였다는 사실을 한 번도 의심해본 적이 없다.

떡볶이는 모두 맛있지만 초등학생 시절 학교 앞에서 떡을 낱개로 팔던 떡볶이 맛을 잊을 수 없다. 만성적으로 허기를 느끼는 초등학생들의 입 안에 떡볶이가 들어가기만 하면 혀끝의 모든 세포가 춤을 췄다. 지상 최고의 양념이었으니 말이다. 당시엔 밀떡이었다. 떡볶이는 나름 자기계발을 열심히 했고 그 결과 쌀떡파와 밀떡파를 낳았으니, 그 두 부류는 탕수육계의 찍먹파와 부먹파처럼 현재까지 팽팽하게 대립하고 있다.

나는 밀떡이나 쌀떡이나 차별하지 않는다. 빨간 국물이 하얀 셔츠에 튈까봐 긴장하게 만드는 짜릿함조차 좋다. 삶에는 약간의 긴장이 필요하고 그것은 나른한 오후에 마시는 한 잔의 홍차 같은 작용을 한다. 게다가 떡볶이 국물에 튀김을 찍어 먹으면 느끼한 맛에 매운 맛이 더해져 기분이 좋아진다. 실제로 직장 스트레스가 쌓여 인류애가 소멸하는 기분이 들 때는 떡볶이를 먹으면 마음이 달라진다. '그래, 너희들도 살기 힘들어서 그렇겠지' 하고 스트레스를 유발하는 인간들을 이해하게 되는 기적이 일어나기도 한다. 스트레스를 받을 때는 맵거나 단 음식이 당기는 법인데, 맵기도 하고 달콤하기도 한 떡볶이는 영혼의 텃밭에 단비를 내리는 음식이다.

대학생일 땐 신촌에서 대학을 다니는데도 굳이 이대 앞에 있던 즉석떡볶이 가게에 가기 위해 친구 몇 명을 모으기도 했다. 친구들과 즉석떡볶이를 먹을 때면 그야말로 모든 풍경이 자기 자리를 찾는 기분이었다. 평화의 맛이었다. 갓 스무살이 되어 젊은 만큼 가난하던 우리에게 즉석떡볶이 냄비는 임금님 수랏상에 바쳐진 궁중전골 냄비 같은 존재였다.

전생에 떡볶이였던 나는 감히 이렇게 말할 수 있다. 떡볶이를 먹으면 세상이 평화로워진다고. 다들 맛있는 떡볶이를 많이 드셔서 이 시끄러운 세상에 평화가 가득 차면 좋겠다.

자신을 사랑하는 방법, 보디 포지티비티

——————————— 최근에 살이 많이 쪘다면, 그것은 우울한 감정, 즉 '정신적 허기'를 해결하기 위해 당신의 몸이 열심히 애쓴 결과이다. 당신은 자신의 몸에게 이렇게 말할 필요가 있다.

"나를 추락에서 구해줘서 고마워. 내가 살이 찌지 않았다면, 우울이 내 모든 것을 잠식해버렸을 거야. 음식으로 스트레스를 달래느라 살이 약간 쪘지만, 덕분에 덜 괴로웠어. 나를 보호해줘서 고마워."

만일 당신의 몸에 흉터가 있다면 당신은 이렇게 말할 수 있다.

"이런 상처들 덕분에 지금의 내가 된 거야. 자랑스럽게 생각하고 있어. 이런 경험들이 없었다면 지금처럼 멋진 모습으로 성장하지 못했을 테니까."

몇 년 전부터 보디 포지티비티Body Positivity, 즉 '몸 긍정성'에 대한 관심이 높아지고 있다. 지나친 다이어트를 비롯한 몸매 관리 압박에서 벗어나 자신을 있는 그대로 수용하는 태도다.

몇 년 전 라디오에 사연을 자주 보내던 여성 애청자를 직접 만난 적이 있다. 삼십 대 초반이던 그는 우울감 때문에 괴롭다고 했다. 나에게는 맑은 시냇물 같은 글을 쓰던 그분이 어떤 스타보다 훨씬 더 아름다워 보였다. 그런데 그는 인스타그램에서 스타들의 아름다운 외모를 볼 때마다 부러움을 느끼고 그럴 때마다 더 우울해진다고 했다. 어찌나 안타깝던지, 완벽에 가깝게 아름다운 스타들도 다 행복하진 않다고 말해주었다.

우리는 매스미디어 때문에 가짜 이미지의 홍수 속에 살고 있다. 가짜 이미지의 주인공 역시 가짜 이미지 때문에 고통받는다. 이 세상에 꾸며진 이미지로만 사랑받기를 원하는 사람은 없다. 모든 사람은 있는 그대로의 자신을 사랑해주는 사람을 원한다. 가짜 이미지로만 사랑받는다면 언젠가는 남들이 가짜라는 것을 알고 떠나버리지 않겠는가? 포토샵으로 꾸며진 매끈하고 유려한 모습이 진짜라고 생각하면서 자신의 생기 넘치고 기발하고 때로는 허술하고 그래서 더 빛나는 모습을 가짜라고 생각하게 된다.

자신의 몸에서 마음에 들지 않는 부분을 찾아내어 의도적으로 이렇게 말해보자. "나를 보호하고 나를 성장시키기 위해 애써줘서 고마워. 몸이 나를 보호하기 위해 애쓰지 않았다면 마음은 훨씬 더 힘들었을 거야."

지금의 내가 된 것은 지난날 얻은 상처들 덕이다. 흉터는 내 몸이 나를 보호하는 과정에서 남은 흔적이다. 우리의 신체는 우리의 역사를 간직하고 있다. 자신의 현재 모습을 진정으로 사랑한다면, 지금 그 모습을 만든 과거의 실수와 실패도 사랑할 수 있다. 그 실수와 실패 덕에 교훈을 얻고 성장해서 지금의 당신이 됐으니까.

'완벽'이라는 것은 관념일 뿐이다. 세상은 완벽해서 유지되는 것이 아니라, 완벽하지 않아서 더 좋게 변화한다. 완벽하지 않아서 변하고, 앞으로 나아간다.

완벽한 신체는 존재하지 않는다. 완벽하지 않은 자신에게 좀 더 너그러워져야 한다. '완벽하지 않아서 아름답다'는 말은 몸 긍정성을 잘 설명해준다. 완벽하지 않아서 아름답고 완벽하지 않아서 사랑스럽다.

어쩌다,
운동

──────────── 단지 근육질 몸을 갖고 싶다는 이유로 운동을 열심히 한 적이 있다. 삼 개월 만에 십 킬로그램 이상 감량했지만 근육이 잘 드러나려면 지방을 더 빼는 것이 좋다는 트레이너의 조언에 따라 그후에도 체중조절에 신경을 썼다. 이상은 사라 코너Sarah Connor의 몸매였지만, 현실은 그저 마른 몸이었다. 트레이너에게 "저는 왜 아무리 운동해도 근육이 안 보여요?"라고 물었더니 그가 대답했다. "여성 분들은 근육이 겉으로 드러나는 일이 거의 없어요. 그냥 말라보이죠." 허무했다. 그러나 허무를 딛고 일어나 더 열심히 정진했더니 놀라운 진전이 있었다. 어느 날 트레이너가 살짝 보이는 내 복근을 만져본 뒤에 말했다. "이 정도면 굉장한 겁니다." 규모가 컸던 C 피트니스에서 얼마되지 않아 가장 근육량이 많은 여성 고객이 되었다. 태어나 이룬 업적 중 가장 놀라운 것이었다.

그때는 하루에 세 시간씩 피트니스 센터에서 운동하곤 했다. 운동하는 것이 즐거웠고 몸이 조금씩 변해가는 것도 재미있었다. 운동한 다음 날 아침, 뻐근한 근육통과 함께 눈을 뜨면 기쁨 속에서 몸부림쳤다. 운동 중독이었다. 하루라도 운동하지 않으면 근육양이 줄어들까봐 불안했고 술을 마시면 알코올 때문에 근육이 사라질까봐 두려웠다. 그래서 매일 운동했고, 탄수화물은 거의 먹지 않았으며, 친구들이 삼겹살을 먹을 때 옆에서 숭늉만 마셨다. 애초에 별로 좋아하지 않던 술은 그 기회에 완전히 끊었다. 운동할 시간을 뺏기고 싶지 않아 약속도 거의 잡지 않았다. 내가 그렇게까지 독해질 수 있다는 것을 알게 되었다.

　스피닝도 열심히 했다. 스피닝을 하다가 허벅지가 끊어질 듯 아파 자전거에서 내려오고 싶을 때면 이렇게 생각했다. '저 뒤에 얄미운 ○○가 쫓아오고 있다.' 그러면 오기로 힘이 나서 페달을 더 밟을 수 있었다. 당시 직장에서 겪고 있던 인간관계 문제가 트리거가 되어 운동 중독에 빠지고 말았다. 어찌나 운동을 좋아했던지 지인들을 만나면 항상 '같이 운동하자'라는 말을 했다. 어떤 지인은 아예 내 전화를 받지 않을 정도였다.

　운동 중독 덕에 부록처럼 따라오는 즐거움도 있었다. 그때 유명 배우 L씨가 새 영화 촬영을 앞두고 몸을 만들기 위해 그 피트니스 센터에 매일 다녔던 것이다! 내가 덤벨을 들고 있을 때, 바로 뒤에서 L씨가 철봉에 매달리고 있었다. 가슴이 두근두근했다. SNS와 방송에서 여러 번 언급했듯 그 무렵엔 L씨를 특히 좋아했었다. 어느 날 트레이너에게 이렇게 말했다. "L씨가 오면 저에게 사인을 줘서 알려주세요." 나와 꽤 친해졌던 그 트레이너는 야속하게도 피식 웃기만 했다. 어떻게 그럴 수 있지? '팬심'을 그렇게 몰라주다니.

시간이 지나자 운동으로 다져진 몸 덕에 슈트가 근사하게 어울리게 되었지만, 일이 바빠지면서 서서히 운동 시간을 줄여야 했다. 하지만 운동을 쉬게 된 뒤에도 운동 중독이 남긴 이득을 느낄 수 있었다. 잠 잘 시간이 없을 정도로 바쁠 때도 그때 운동한 덕분에 지구력이 늘어 버틸 수 있었다. 운동해서 가장 좋았던 것은 지치지 않는 체력을 갖게 된 점이었다. 그 경험 때문에 지금도 시간만 나면 운동을 한다. 지치지 않는 몸, 지치지 않는 인생. 단순하고 멋지지 않은가? 인생은 복잡하지만은 않다. 지치지 않으면 언젠가는 목적지에 도달한다.

삶이 불확실할 때는 누구나 중독의 유혹을 느낀다. 그것이 초콜릿일 수도 있고, 드라마나 뮤지컬일 수도 있고, 쇼핑일 수도 있다. 내 경우는 근육통을 사랑했기 때문에 운동이 잘 맞았다.

여기서
기다리고 있을게

──────────────── 피터 잭슨 감독의 영화 〈킹콩〉에 거대한 킹콩이 노을을 바라보며 아름다움을 느끼는 장면이 나온다. 괴물로 보이는 킹콩도 인간과 크게 다르지 않은 영혼을 갖고 있음을 보여주기 위해 넣은 장면이라고 생각된다. 〈어벤져스: 인피니티 워〉의 빌런과 타노스도 자신의 원대한 목표를 이룬 뒤 고요히 노을을 바라봤다. 타노스는 파괴를 향한 본능, 죽음의 본능을 의미하는 프로이트의 용어 '타나토스Thanatos'에서 유래한 이름이다. 타노스는 다른 영화의 악당들과 달리 매우 이성적이고 합리적인 존재로 묘사된다. 자신의 행성 타이탄이 인구과잉으로 파멸한 경험이 있는 타노스는 우주 전체 생명체를 절반으로 줄여야 한다는 결론에 도달한다. 우주를 구한다는 사명감에 휩싸여 생존을 위한 파괴를 선택한 것이다. 영화를 보면서 '이성의 끝은 타노스의 선택과 맞닿아 있는 것이 아닐까' 하고 생각했다. 우리가 감정 없이 이성으로만 움직이는 존재라면, 인류를 구하기 위해 인류의 수를 줄여야 한다는 데 동의할 수도 있지 않을까? 어

떤 사람들은 노을이 사라지는 것에 대한 은유라고 생각하는 데, 타노스에게 노을은 그런 의미가 아닐까 짐작해본다.

'갤러리 나우'에서 이정록 작가의 〈생명의 나무〉라는 사진 작품을 본 적이 있다. 그 시리즈 중 한 작품은 내가 어린 시절 보았던 보라색 하늘을 담고 있었다. 그 작품을 보자 어린 시절의 기억이 떠올랐다. 학교가 끝나고 집에 돌아와서 숙제를 하고 있으면, 아이들이 골목에서 놀고 있는 소리가 들려왔다. 아이들과 놀고 싶었기 때문에 숙제를 빨리 해치우고 밖으로 용수철처럼 튀어나갔다. 아이들이 깔깔거리며 웃는 소리가 마당에 가득했다. 아이들과 함께 달리고 숨고 무궁화 꽃도 몇 번 피워보다가 문득 하늘을 봤더니 곱게 보랏빛으로 물들고 있었다. 언젠가는 집 앞 골목에서 어머니, 친구들, 친구의 어머니들과 같이 보라색 하늘을 구경하며 서 있던 적도 있었다. 모두 하늘을 보며 감탄했다. 그 순간에는 부족한 것이 없었다.

어린 시절의 저녁 시간이란 우리 가족과 친구 가족들이 모여서 하늘을 보는 시간, 가족들과 저녁식사를 하고 TV를 보는 시간이었다. 그때마다 더할 나위 없는 만족감이 나를 채웠다. 그런 기분을 느낄 수 있었음에 감사한다. 어릴 때부터 자극에 예민했기 때문에, 별다른 일을 안 해도 피로감을 느낄 때가 많았다. 그때 느꼈던 충만감이 예민한 어린 시절에 버팀목이 되었다. 아무 근심거리가 없던 안락한 순간들. 모든 것이 완전한 상태. 노을이 지는 시간을 그렇게 추억한다.

지금도 노을이 질 무렵 하늘의 다양한 색을 좋아한다. 사라져가는 태양이 지평선을 넘어가며 굿나잇 인사를 하는 장면이다. 지는 해를 향해 손을 흔들며 이렇게 말하고 싶다. "여기에서 기다리고 있을게. 내일 또 만나자."

태양은 지평선 너머에서 쉬는 것일 뿐,
결코 사라지지 않는다.

노을은 또 만나자는 태양의 약속이다.

혼자 있고 싶지만
외로운 건 싫어서 그래

―――――――――― 혼자 있고 싶지만 외로운 건 싫은 사람들은 카페에 간다. 혼자 공부하거나 일하는 사람들은 카페에서 기나긴 작업의 벗인 고독을 잠시 잊곤 한다. "요즘 바쁘신가요?" 혹은 "식사는 하셨어요?" 하고 형식적인 눈치작전용 인사가 필요가 없는 곳. 언제 한번 식사하자고 해놓고 이후 다시 만날까봐 피하게 되는 사람을 만날 리 없는 곳. 카페를 사무실로 사용하면 생면부지의 무해한 사람들과 일하기 때문에 즐거워진다.

카페엔 백색소음이 가득하다. 마음을 편안하게 만든다고들 믿는 그 백색소음 말이다. 요즘은 백색소음보다 더 넓은 의미를 담고 있는 'ASMR'이라는 용어가 많이 쓰인다. ASMR은 한 외국 사이트에서 '인터넷의 이해할 수 없는 서브컬처'로 꼽히기도 했다. ASMR을 검색창에 치면 '이건 왜지?'라는 생각이 드는 의뭉스러운 콘텐츠도 등장하는데, 나는 이런 놀이에 빠져드는 사람들이 귀여워 보인다. 오래전에 유튜브에서 세탁기통이 돌아가는 소리를 열 시간 연속으로 들려주는 영상을 찾은 적이 있다. 그 영상을 가만히 듣고 있었더니 정말로 마음의 평화가 찾아왔다…가 아니라, '세탁기에서 왜 양말 한 짝이 계속 없어지는 걸까?'하는 해묵은 질문이 떠올랐다. 세탁조 소리는 베토벤의 교향곡 7번 2악장처럼 매력적이지는 않았지만 부담 없이 들을 수 있는 소리임은 분명하다.

백색소음에는 세탁기 돌아가는 소리, 진공청소기 소리, 파도 소리, 빗소리, 풀벌레 소리, 식당이나 카페 소음 등이 모두 포함된다. 인터넷을 돌아다니다 보면 외국 건물의 로비소음 같은 것도 찾을 수 있다. '실제 도서관 소음Real Library Sound'이라는 외국 동영상에는 사용자들의 재치 있는 댓글이 줄줄이 달려 있다. '도서관에서 의자를 저렇게 끌어대는 사람이 있다고? 저 사람은 도서관장인 거야?''애들아, 나는 지금 실제 도서관에 있어. 그런데 여기는 너무 조용해서 유튜브로 도서관 소음을 흉내 낸 소음을 듣고 있다고ㅎㅎ' 나는 호그와트 홀에서 듣고 있다고 댓글을 달려다가 참았다.

한 연구에 의하면 창의성은 정적이 흐르거나 조용할 때보다 '보통 소리'가 들릴 때 더 높아진다고 한다. 여기서 말하는 보통 소리는 약 70데시벨 크기의 소리를 가리키는데 카페에서 일반적으로 들리는 음악과 대화로 나는 소리 수준이라고 한다. 그러니까 머릿속이 뿌옇게 흐려질 때, 카페에 가서 일하거나 공부하는 것은 당연하다. 회사에서 기획안을 작성해야 하는데 좋은 아이디어가 떠오르지 않을 때는 구내식당이나 로비에 노트북을 들고 가서 일하는 것도 좋다.

나에게는 파도 소리가 들리는 카페가 가장 이상적인 소리를 가진 공간이다. 오래전에 록페스티벌에 가는 길에 대부도에서 그런 카페를 우연히 찾아낸 적이 있다. 창문 너머로 바로 바다가 펼쳐지는 곳으로, 파도 소리가 가깝게 들려서 마음이 편해지고 창밖만 쳐다봐도 힐링이 됐다. 그렇지만 매일 대부도까지 노트북을 싸들고 가서 일할 수는 없기 때문에 파도 소리는 인터넷에서 찾아 듣기로 했다.

집순이들은
집이 아닌 세계로 간다

──────────── 사람들과 같이 있을 때 에너지를 얻는 사람이 있는가 하면 혼자 있을 때 에너지를 얻는 사람도 있다. 성향의 차이일 뿐, 어떤 특성이 더 좋다고 말할 수는 없다.

새로운 사람을 만나는 것을 무척 좋아한다. 대학에 다닐 때는 일 년에 364일은 외출했고, 거의 매일 친구들과 만나 학교에서 함께 책을 읽었고, 밤 아홉 시가 넘으면 학교 근처의 LP바에서 음악을 들으며 시간을 보냈다. 주변에 늘 좋은 친구가 많아서 그들과 같이 있는 시간이 황금을 캐는 시간처럼 느껴졌다. 방송작가 일을 할 때도 새로운 사람을 만나는 것이 좋아서 많은 사람과 늦은 시간까지 어울렸다.

그런데 라디오 원고를 쓰고 책을 쓰게 되자 혼자 있는 시간이 한없이 늘어났다. 특히 책을 쓸 때는 몇 달씩 혹은 그 이상 혼자 글과 씨름해야 한다. 어느 외국 작가가 인터뷰에서 글 쓰는 동안 감당해야 하는 외로움에 대해 토로한 적이 있었다. 그것을 내가 경험하게 될 줄이야!

처음에는 혼자 작업하는 시간이 싫어서 작가라는 직업으로부터 도망갈 궁리를 했다. 나처럼 사람들과 어울리는 것을 좋아하는 파티걸 타입의 사람이, 대체 왜 혼자 골방에 갇혀 살아야 하는 작가가 된 걸까? 끝없이 질문했다. 그러다가 몇 번의 인상적인 경험 덕에 작가로 사는 삶과 화해했다. 더욱이 집에서 작업해야 하는 시간이 점점 늘어났기 때문에 '후천적 집순이'가 되고 말았다. 적당히 시끄러운 카페에서 글을 쓸 때도 좋지만, 카페에서 갑자기 인용구를 찾고 싶을 때나 참고 자료를 찾고 싶을 때는 집에 있는 책장이 절실하기 때문이다.

다행히도 집에 있다는 이유로 고립되는 사람은 더 이상 없다. 와이파이는 우리에게 무한한 온라인 친구들을 만들어주었다. 또한 이 세상에 우리가 접근하지 못할 책이나 동영상, 음악은 더 이상 없다. 이제 집에서 관심 있는 분야의 논문과 신간 서적, BBC 라디오 생방송부터 우주정거장에서 찍은 지구 사진까지 모두 볼 수 있다. 게다가 취미 생활을 할 때도 오프라인보다 온라인에서 훨씬 더 편하다. 아무리 관심사가 비주류여도, 덕질 하는 장르가 특이해도 온라인 세상에선 자신과 취향이 비슷한 사람을 반드시 찾을 수 있다. 이제 집순이들은 와이파이라는 검을 들고 세계를 탐험한다.

18세기 독일의 철학자 칸트는 프로이센의 오래된 도시 쾨니히스베르크(지금의 러시아 칼리닌그라드)에서 살았다. 칸트는 시간을 매우 정확하게 지켜 일과를 수행한 사람으로 유명하다. 그는 평생 쾨니히스베르크를 떠나지 않았고 반경 16킬로미터를 벗어나지 않았다. 당연히 외국 여행도 하지 않았지만, 가본 적도 없는 이탈리아의 풍광과 런던의 다리 모습까지 훤히 알고 있었다고 한다.

초등학생 때 어린이용 책에서 칸트의 일상 이야기를 읽고 묘하게 매료되었다. 그때는 칸트처럼 집 안에서 책만 읽으면서 세계에 대한 해박한 지식을 쌓기를 바랐다. 그런데 이젠 실제로 집에서 세계를 탐험할 수 있는 시대가 되었으니, 칸트가 현대에 살았다면 얼마나 좋아했을까? 그는 친구의 전화를 받고 이렇게 대답했을 것이다.

"응. 나 인터넷하느라 바빠. 집 앞으로 와서 날 픽업해!"

솜사탕이
배반할지라도

———————————— 롤러코스터에 푹 빠져서 롤러코스
터를 연달아 탈 수 있는 것이 세상 최고의 권력이라고 생각
한 적이 있다. 주말에 놀이공원에 가면 사람들로 붐벼 세 시
간 넘게 기다려야 겨우 롤러코스터를 탈 수 있기 때문이다.
하루 종일 기다려서 고작 놀이기구 세 개를 타고 집으로 돌
아오면 채워지지 않은 갈망이 나를 괴롭혔다. 미국 드라마
〈CSI〉중 라스베가스 시리즈에 나온 길 그리섬 반장은 스트
레스를 받으면 혼자 롤러코스터를 타곤 했는데, 그의 마음을
알 수 있었다.

　어린 시절에는 놀이공원에 가면 꼭 솜사탕을 사달라고 졸
랐다. 부모님이 사준 솜사탕을 먹으면서 이렇게 생각했다.
'이건 뭐지? 내가 크게 베어 물었는데 왜 내 혀끝에 남는 건
겨우 설탕 몇 알이지?' 솜사탕은 그런 것이다. 달콤한 향기
와 미지의 행성 같은 외모에 현혹되어 입에 넣는 순간, 갑자
기 기대했던 모든 것이 사라진 느낌이 든다. 솜사탕을 통해

213

생애 최초의 허무함을 맛봤다. 그리고 성인이 되어 무언가가 기대한 것처럼 되지 않았을 때는 솜사탕을 베어문 뒤에 맛본 허무함을 떠올리곤 했다. '이건 처음이 아니야, 전에도 이런 적이 있었어.' 달콤하고 반짝이는 솜사탕이 오래전에 나를 배반하였다.

프리랜서로 일하며 마침내 평일에 놀이공원에 갈 수 있게 되었다. 같이 갔던 친구와 나는 롤러코스터를 기다리지 않고도 탈 수 있다는 사실 때문에 너무 좋아 정신을 잃을 지경이었다. 설레는 마음을 진정시키며 연달아 세 번을 탔다. 천지를 뒤집어놓던 롤러코스터가 멈췄을 때, 다시 땅에 발을 딛는 순간 깨달았다. 욕심이 과했다는 것을. 속이 울렁거리더니 금방 토할 것 같은 느낌이 들었다. 세 번째 탄 롤러코스터에서 내린 순간에 롤러코스트 타는 재미를 영원히 잃어버렸다. 그후로는 무시무시한 롤러코스터는 거의 타지 않게 되었다. 롤러코스터도 솜사탕처럼 베어문 순간 사라졌다.

모든 것이 나쁘게 흘러가진 않는다. 비극은 또 다른 시작을 알리는 출발점이 되기도 한다. 롤러코스터와 바이킹 같은 강렬한 모험을 꺼리게 되면서 회전그네와 대관람차 같은 온순한 탐험의 매력을 알게 되었다. 느릿느릿 움직이는 대관람차를 타고 놀이공원을 정상에서 내려다보면 세상은 꿈이 가득한 낙원을 닮아 있다. 비명소리를 만드는 롤러코스터조차 저 위에서 내려다보면 삶의 권태를 잊게 만드는 안전한 쾌락임이 분명해진다. 남들이 롤러코스터를 타고 비명을 지르며 우주 저 멀리 사라질 때, 나는 솜사탕을 입에 물고 대관람차를 타고 천천히 위로 올라간다. 잠시 후 롤러코스터가 한 바퀴 돌고 오면 안경이 삐뚤어지고 머리카락이 헝클어진 사람들이 우르르 내린다. 나는 그들이 혼비백산해서 내리는 모습을 구경하며 '저런! 다들 힘들었군' 하고 조용히 웃는다.

단 것을 한꺼번에 많이 탐하면
더 이상 즐길 수 없게 될 지도 모른다.
마냥 달콤하기만 한 것은 허무함을 남긴다.
솜사탕도 그렇다.

My favorite things

──────────── 롤랑 바르트Roland Barthes의《밝은 방》
이라는 책을 즐겨 읽었다. 행간을 따라 미끄러지는 시적인
문체에 페이소스가 묻어 있었다. 그 책에는 돌아가신 어머니
의 '온실 사진'에 대한 이야기가 나온다. 그는 어머니가 돌아
가시고 난 뒤에 삼 년을 넘기지 못하고 생을 마감했다. 트럭
에 치인 뒤 치료를 거부했기 때문에 사실상 그가 스스로 생
을 마감한 것과 다름없다고 생각하는 사람들도 있다.

바르트의《애도 일기》에는 이런 구절이 나온다. "내 슬픔
은 삶을 새로이 꾸미지 못해서 생기는 게 아니다. 내 슬픔은
사랑의 끈이 끊어졌기 때문이다."

그가 느낀 슬픔의 깊이를 조금도 짐작할 수 없다. 다른 이
의 고통을 함부로 짐작하는 것은 교만이라고 생각한다. 나
는 그를 존중하기 때문에 그의 선택도 존중한다. 또한 남들
이 짐작할 수 없는 깊이의 사랑이 있다고 생각한다. 삶에서
유일한, 대체 불가능한 존재가 사라졌는데 어떻게 아무 일도
없었다는 듯이 아침에 일어날 수 있을까? 롤랑 바르트의《밝

은 방》을 처음 읽을 때는 내가 나중에 어머니를 애도하며 글을 쓰게 될 줄은 상상도 못했다.

롤랑 바르트는 그의 에세이 《롤랑 바르트가 쓴 롤랑 바르트》에서 자신이 좋아하는 것들을 죽 나열한다. 내가 좋아하는 것들은 무엇일까? 지금 이 순간에 생각나는 것들만 써볼까 한다. 오늘의 나는 내일의 나와 다르므로, 아마 내일이 되면 나는 다른 것들을 좋아할 것이다. 글쓰기란 내가 누구인지 잊기 전에 현재의 나를 기록해두는 행위가 아닐까.

오늘 내가 좋아하는 것들:
진리. 로고스. 내 질문에 대답해주는 존재.
신비주의자인 척 연기하는 것. 친절. 정돈된 방. 정신없는 책상. 책이 많은 공간.
지금 이 순간. 잊어버린 과거의 나.
콘서트홀. 모차르트는 영원히.
카페에서 레드 제플린이나 큐어의 노래가 나오는 순간.
극장의 불이 꺼지고 영화가 시작하기 직전.
이미 세상을 떠나 독자들을 실망시킬 염려가 없는 작가들.
셰익스피어.

유능하고 경탄스런 작가들. 오에 겐자부로. 앤드루 솔로몬.

팬덤을 실망시키는 모든 작가들. 팬덤이 없는 신인작가들.

글쓰기를 좋아하는 모든 아마추어 정신들.

오페라하우스에 가는 것. 콘서트홀의 잔기침 소리. 아주
화려한 드레스.

강의 듣기. 글을 쓴다는 것. 읽기. 전자책.

노랗게 변색된 종이책. 방금 산 종이책.

강의하는 것. 다른 사람의 이야기를 듣는 것.

커다란 백팩. 오버사이즈 재킷. 스트리트 패션.

MP3. 스마트폰. 노트북.

강아지가 하품해서 지구를 잠재우는 순간.

절망의 골짜기를 걸을 때도 인간을 사랑하는 것.

무엇보다 사랑.

여전히 롤랑 바르트.

내가 아는 한 가장 아름답고 지적인 글을 쓴 작가,
불안한 이십 대 시절의 나에게 지극한 위로를 주었던 위대한 영혼,
롤랑 바르트에게 이 글을 바친다.

무엇이 되는 것이 뭐 중요할까.
가슴이 터지도록 음악과 영화를 좋아했고,
록음악이 나오는 카페에서 디제이를 했고,
독립영화창작연구소에서 단편영화를 찍으려 했고,
극장에서 하루에 세 편씩 영화를 봤고,
비디오를 하루에 열 편씩 보곤 했는데.

미래에 무엇이 될지 알 수 없어 불안했던 시절,
무엇이든 될 수 있어서 즐거웠다.

4

책과 라디오와
글쓰기

책을 쌓아두는
사람들

─────────────── 만일 내가 카페를 만든다면 한 쪽 벽
에는 책장이 '있어야만' 한다. 집에 쌓여 있는 책을 볼 때마
다 스스로 이렇게 위안하기 때문이다. '언젠가는 저 책들을
인테리어에 활용하게 될지도 모르잖아. 북카페 비슷한 것이
나 책이 많이 필요한 사무실을 열게 되면.' 이렇게 생각하면
서 책을 쌓아두는 것에 대한 죄책감을 줄여간다. 솔직히 말
하자면 책들이 차지하는 공간은 엄청나서 모든 책을 전자책
으로 바꿔버릴까 하고 생각한 적도 있다. 한번은 아파트를
기준으로 책이 쌓여 있는 공간의 평당 가격을 대략 계산해봤
는데, 책이 차지하는 공간을 줄이는 것만큼 효율적인 재테크
는 이 세상에 없어 보였다. 하지만 내가 읽는 책들 대다수는
전자책으로 나오지 않는다는 사실이 문제였고, 내가 전자책
을 좋아함에도 불구하고 종이책을 여전히 좋아한다는 사실
도 깨달았다. 어릴 때부터 세계문학전집을 책장에 두고 읽었
던 사람들은 '종이'라는 물성에 강한 애착을 갖기 마련이다.
그래서 여전히 책 때문에 비좁은 집안을 둘러보고, 미니멀리

즘을 실천할 수 있는 사람은 책을 좋아하지 않는다는 결론을 내렸다.

'쓴도쿠っんどく'는 책을 읽고 싶은 마음 때문에 책을 사지만 쌓아두기만 하고 읽지 않는 사람들을 일컫는 일본어다. 그런데 '책 수집에 대한 열정'에서 중요한 것은 다른 것이 아닌 '책'을 수집한다는 사실이다. 아는 사람 중에 빈티지 드레스를 수집하는 외국인이 있다. 그 사람은 굉장한 탐구심으로 빈티지 드레스에 대한 해박한 지식을 갖추었고, 만만치 않은 돈을 들여 드레스 콜렉션을 갖추었다. 그를 보면서 이런 생각을 했었다. 빈티지 드레스를 수집하는 것과 책을 수집하는 것은 어떻게 다른가?

'사랑하는 대상이 무엇인가' 하는 문제이다. 사람은 감정이 묻어 있는 대상을 수집한다. 만일 책을 보면서 어떠한 감정도 일어나지 않는다면 책도 나무젓가락처럼 한 번 사용하고 버리는 물건이 될 것이다. 애착 때문에 책을 읽고 난 뒤에도 소장하고 시간이 없어서 읽지 못하는데도 언젠가는 읽을 날을 기대하며 소장한다.

당신이 책을 쌓아두고 읽지 못하고 있다는 것을 안다. 자책하지 말기를 바란다. 당신은 책을 사랑하는 사람일 뿐이다. 책을 사면 반드시 처음부터 끝까지 읽어야 한다고 생각하지 않는다. 책을 들춰보고 몇 구절만 읽어도 읽은 것이다. 심지어 표지에 있는 몇 문장과 저자에 대한 소개글만 읽어도 책을 읽은 것이다. 책을 완독했다는 사실이 중요한가? 아니면 책을 사랑하는 마음이 더 중요한가?

책을 사랑하는 사람에게는 종종 신비한 일이 생긴다. 당신은 사야 할 책을 스스로 선택했다고 생각하지만 그렇지 않을 수도 있다. 책은 인간의 생각을 파악하는 비밀스러운 능력이 있다. 책이 당신을 택해서 그 자리에 있을 수도 있다. 책은 당신을 발견하고 당신 손에 이끌려 당신 거실의 책장에 꽂히고 싶어했던 것이다.

오래전 서점에서 책 구경하는 것이 취미였을 때, 우연히 집어든 책 안에 당시 궁금하던 것에 대한 해답이 있는 경우가 종종 있었다. 그래서 책의 정신과 나의 영혼이 서로 교감하는 게 아닐까 하고 생각해보기도 했다.

1997년의 나와
2014년의 나

왜 사람은 시간을 들여 다른 사람이 쓴 글을 읽고 싶어할까?

책을 읽는 이유는 잃어버린 사랑과 존재의 슬픔에 대한 존중 때문이다. 그리고 그것을 통해 자신에 대한 사랑을 회복할 수 있다. 인간이 처한 비참한 현실을 최대한 세밀하게 묘사해내는 도구는 '글' 말고는 아직 없다. 정제된 문학작품에 이르면, 현실의 비애에 대한 묘사는 최고점에 이른다. 나 역시 문학작품을 읽을 때는 슬픔에 매료된다. 자신의 상처를 대신 읽어주는 문학을 사랑한다.

책에 대한 애정이 있는 사람들은 자신이 아끼는 책을 사고 또 산다. 책을 많이 수집해서 집안에 빈자리가 거의 남지 않았다는 지인도 있다. 나는 그 정도로 수집가 기질이 많지는 않아 내가 가진 공간의 한계를 겸허한 자세로 받아들이는 편이다. 그래서 적절한 시점에 소유한 책의 반 정도를 정리한다.

그런데도 팬시한 것을 좋아하기에 아끼는 책의 표지가 예쁘게 새 디자인되어 나오면 또다시 사고야 만다. 시각적인 즐거움을 좋아하기 때문에 예쁜 책을 책장에 꽂아두고 만족감을 얻는 것은 무조건 좋은 일이다. 아이맥스 영화관에서 비주얼이 빼어난 영화를 보며 즐거워하는 것과 예쁜 디자인의 책을 사서 행복해지는 것은 똑같이 권장해야 한다고 생각한다. 책을 소유하는 것은 경제적 효용만으로 설명할 수 없는 일이다. 사람은 무용한 것을 할 때 만족감이 커지는 이상한 존재이다.

여러 번 산 책이 꽤 있다. 처음 샀던 책이 너무 낡아서 다른 출판사에서 새 버전이 나왔을 때 사기도 했다. 프로이트의 《꿈의 해석》, 오 헨리의 《오 헨리 단편선》, 셰익스피어의 《햄릿》, 베른하르트의 《비트겐슈타인의 조카》, 바르트의 《밝은 방》, 카뮈의 《이방인》, 헤세의 《데미안》을 비롯한 몇몇 책이 그렇다.

《오 헨리 단편선》은 영한대역 문고판으로 중학생 때 처음 샀고, 《꿈의 해석》은 고등학생 때 정신분석학에 빠져들어 샀으며, 《밝은 방》은 《카메라 루시다》라는 제목으로 나왔던 대학 시절에 처음 샀다. 시간이 너무 오래 지나서 낡고 너덜너덜해졌기 때문에 새로 살 수밖에 없었다. 그 외에도 세계

문학전집에 있는 책들은 대체로 여러 번 샀다. 중학생 때 아버지가 사주신 세계문학전집은 아직도 갖고 있다. 세로줄 쓰기로 되어 있는 책이다. 지금은 종이가 아주 노랗게 변해버렸다. 그래도 아버지가 그 문학작품을 밤새 읽으셨던 겨울밤에 대한 추억이 있기 때문에 그 책들에 애정이 크다. 확실히 책은 반드시 읽기 위해서만 소유하는 것은 아니다.

《비트겐슈타인의 조카》는 1997년에 산 책과 2014년에 산 책이 있다. 1997년의 나와 2014년의 나는 많이 다르다. 1997년에는 몸이 아팠던 기억으로부터 아직 자유롭지 못했던 탓에 《비트겐슈타인의 조카》를 읽으면서 화자에게 감정이입을 많이 했었다. 병원에서 겪은 치욕스러운 일들과 죽음의 공포를 그렇게 솔직하게 쓴 글을 그 전에는 읽은 적이 없었다. 죽음의 공포를 모르는 사람들은 그의 책을 충분히 좋아할 수 없다고 생각한다. 베른하르트는 어릴 때부터 질병 때문에 생사의 경계를 넘었던 여러 기억을 살려 소설에서 죽음의 문제를 다루곤 했다. 그의 신랄하고 비극적인 문장에서 전율을 느끼기도 했고 그런 과정에서 위로를 얻었다.

2014년에 배수아 작가가 번역하여 다시 나온 책을 또 샀다. 그사이에 좋은 일을 많이 경험했기 때문에 옛날에 갖고 있던 분노가 많이 사라졌지만, 베른하르트와 함께 보냈던 시간을 도저히 잊을 수 없었다.

그를 사랑한다. 그를 한 번도 본적은 없다. 그는 1989년에 사망했고 내가 그의 책을 처음 접한 때는 1997년이니, 그를 만나고 싶어도 만날 수 없었다. 그는 오스트리아 사람이고 나는 지금까지 한 번도 유럽에 가본 적이 없다. 그렇지만 그를 이해할 수 있다. 그가 느낀 죽음의 공포를 나처럼 이해하는 사람은 많지 않다고 생각한다.

1997년에 산 《비트겐슈타인의 조카》를 보면 그 책을 샀을 무렵의 내가 떠오르고, 2014년에 산 《비트겐슈타인의 조카》를 보면 그 시절의 내가 떠오른다. 1997년의 나와 2014년의 나는 다른 사람이지만 《비트겐슈타인의 조카》의 팬이라는 점에서 연결된다. 나는 비극을 사랑했던, 그리고 지금도 가슴속 깊이 비애의 감정을 흠모하는 사람이다.

책 읽기를 통해 얻는
불분명한 혜택들

———————————— 책을 읽어 얻는 것 중에는 감동이나
정보, 즐거움도 있지만 애매한 것이 주는 혼돈도 좋아한다.
책을 읽는 것은 거대한 의문부호와 우주의 혼돈을 가슴에 품
는 과정이다. 다시 말해 책 읽기를 통해 얻는 첫 번째 혜택
은 더 큰 혼돈을 얻는 것이라고 생각한다. 사춘기에 가장 강
한 인상을 남긴 책은 알베르 카뮈의 《시지프의 신화》와 《이
방인》이었다. 그 책들을 읽었던 중학생 때부터 늘 카뮈의 글
에 끌렸다. 두 책의 주인공인 시지프와 뫼르소를 이해할 수
없었기 때문이었다. 게다가 그들이 슬프게 느껴졌다. 끝없
이 돌을 밀어 올리는 형벌을 받는 시지프의 마음을 어린 나
는 이해할 수 없었다. 인생이란 스케줄 표를 짜서 시험 범위
를 열심히 외우면 전 과목 백 점을 맞을 수 있는 중간고사 같
은 것이라고 생각했다. 겨우 중학생이었으니까. 한편 《이방
인》에서 뫼르소는 태양이 너무 뜨거워서 사람을 죽였다고
말하며 재판에서 자신을 적극적으로 변호하지 않는다. 중학
생 때 그 말이 이해되지는 않았지만 그래서 더 오래 기억에

남았다. 합리적으로 설명할 수 없는 상태, 그런 상황이 있을 것만 같았다. 절대적인 고독과 무의미함 그리고 유한성이 인간의 조건이라는 실존주의 사상을 공부한 때는 훨씬 뒤의 일이었다. 중학교 시절에는 모호함과 애매함만이 독서의 뒷맛으로 남았다. 그런데 그것이 싫지 않았다! 분명하게 알 수 없는 것이 더 많은 말을 한다고 생각했다. 그래서 어린 시절에는 쉬운 책들이 재미없었다. 쉽게 읽히는 책은 상상하고 추론할 여지를 남겨주지 않기 때문에 밋밋하고 싱거웠다.

책 읽기의 두 번째 혜택은 내가 좋아하는 책을 같이 좋아하는 사람을 만나는 기쁨이다. 알베르 카뮈는 앞서 언급한 두 책을 1939년에서 1941년에 걸쳐 썼다고 알려져 있다. 중학교 3학년 때 영어 선생님이 카뮈의 《이방인》 이야기를 하신 적이 있다. "주인공이 누구였더라?" 하고 학생들에게 물었을 때 나는 기어들어가는 작은 목소리로 "뫼르소요" 하고 대답했다. 선생님은 귀가 밝았는지 내 대답을 듣곤 반가운 목소리로 "책을 읽었구나!" 하고 말씀하였다. 당시 영어 선생님을 좋아했기 때문에 그 순간이 오래 기억에 남아 있다. 수줍음 많은 사춘기 소녀에게는 그런 순간만큼 설레는 순간은 없으니까. 좋아하는 선생님이 나와 똑같이 《이방인》을 좋아한다는 사실과 내가 그 책을 좋아하는 걸 선생님도 아셨다는 사실 때문에 떨 듯이 기뻤다. 카뮈가 수십 년 전에 쓴 책 덕분에 잠시나마 좋아하는 선생님에게 인정받을 수 있었고 지금까지도 그 추억을 간직하고 있다. 얼마나 놀라운 일인가?

하지만 독서 취향 때문에 오랫동안 고독했다. 내가 좋아하는 책들을 좋아하는 사람이 주변에 많지 않았기 때문이다. 그래서 서점에서 내가 좋아하는 책을 사는 사람을 보면 흥미가 생기곤 한다. '저 사람도 이 책을 좋아하네.' '가서 반갑다고 인사하고 싶어지네.' 이런 생각을 몇 번 해본 적이 있다. 요즘은 인스타그램에서 내가 좋아하는 책에 관한 글을 보면 무조건 '좋아요'를 누르고 다닌다. 같은 책을 좋아하는 사람들은 사고의 결이 비슷하다.

세 번째 혜택은 심연으로부터 오는 감동이다. 독서에서 얻는 감동은 다른 어떤 감동으로도 대체할 수 없다. 불면증이 있던 이십 대 시절에는 하루 종일 책을 읽다가 밤까지 새곤 했다. 책을 읽는 것이 잠을 자는 것보다 더 좋았다. 가슴이 벅차오를 정도로 감동을 주었으니까. 만일 책이 주는 감동이 없었다면 그 기나긴 밤들은 얼마나 삭막했을까?

네 번째 혜택은 공간의 변화이다. 책을 많이 읽는 사람들이 머무는 곳에는 늘 책이 모이고, 책을 많이 모아두면 공간이 아름다워진다.

책이 많이 쌓여 있는 곳에 갈 때마다 오래전 어느 책에서 읽은 환상적인 이야기가 종종 떠오른다. 우주의 비밀이 담긴 책들을 보관하는 우주 도서관 이야기다. 그곳의 사서는 사람들이 원할 때마다 미래를 기록한 책을 꺼내서 보여준다. 물론 미래는 고정된 것이 아니라서 사람들이 책을 읽는 순간에도 시시때때로 변한다. 수많은 미래 모습 중 어떤 것이 현실이 될지는 매순간 우리 인류의 선택에 달려 있다.

직장은
놀이동산이 아니다

──────────── '직장은 놀이동산이 아니다. 만일 직장이 놀이동산이라면 나는 입장료를 내고 직장에 갈 것이다.'

방송작가 일이 힘들 때는 내가 받는 돈을 참을 수 없는 스트레스에 대한 대가라고 생각했다. 그러던 어느 날, 왜 방송작가가 되려고 했는지 그 이유를 떠올려봤다. 첫 번째 이유는 경제적인 문제였다. 대학 시절 어머니의 사업이 망했고 내가 돈을 빨리 벌어야 했다. 두 번째 이유는 선배 언니가 "방송작가를 해보지 그러니? 너는 잘 할 것 같은데"라고 적극 권했기 때문이었다. 그래서 방송작가를 직업으로 삼는 것에 막연한 기대감이 생겼다. 세 번째 이유가 중요한데, 무엇보다 음악을 많이 듣고 싶었기 때문이다. 라디오 제작국에서 일하면 종일 좋아하는 음악을 많이 들을 수 있을 것이라고 막연히 생각했다. 그리고 또 하나의 아유가 있다. 남을 즐겁게 해주기 위해서였다.

대학 시절 몸이 아파서 집에 있었을 때, 이십사 시간 중 유일하게 기쁨을 느끼게 해준 것은 라디오 음악 프로그램과 TV 프로그램이었다. 그때 방송 프로그램이 나를 웃게 만들어준 것처럼 내가 만든 프로그램이 다른 사람에게 웃음을 주기를 바랐다. 어느 것에서도 위로를 얻을 수 없는 상황에서도 누구나 TV와 라디오는 쉽게 접할 수 있으니 말이다. 내가 만든 프로그램을 보고 들으면서 힘들어하는 누군가의 마음이 잠깐이나마 따뜻해지기를 바랐다. 이런 첫마음을 떠올리자 마음 상태가 달라졌다.

수많은 프로그램을 만들었고 그 프로그램을 보거나 들었던 수많은 사람이 라디오작가를 꿈꾸거나 피디를 꿈꾸었다. 방송국에서 내가 만들었던 프로그램의 애청자들을 만났던 순간을 떠올렸다. 그분들 외에도 내가 접하지 못한 수많은 사람이 라디오 프로그램이 시작하기를 기다리고 라디오를 들으며 울고 웃고 했을 것 아닌가. 생각이 여기에 미치자 진정한 내적 성취를 이루었다는 생각이 들었다.

내가 만든 프로그램이 잠깐이라도 여러분을 웃게 했다면, 사막 같은 세상을 걷는 당신을 응원했다면, 그것보다 기쁜 일은 없을 것이다. 내가 흘렸던 눈물이 단비가 되어 당신의 텃밭에 내렸기를 바란다.

음악이 있는 곳,
라디오

——————————— 라디오를 처음 듣게 된 것은 어머니 덕분이었다. 여름방학이 되면 시골에 있는 친척집에 놀러가거나 가족여행을 갔는데, 그러지 않을 때는 어머니 옆에 누워서 라디오를 들었다. 어머니가 엘비스 프레슬리의 하와이 공연과 비틀스의 미국 진출에 대해 하시는 이야기를 옆에서 들으며 상상의 나래를 폈다.

그 시절 라디오에서 팝송이 자주 흘러나왔었다. 조금 커서는 카세트테이프를 사서 라디오에서 나오는 팝송을 녹음했다. 그때는 그렇게 집에서 만든 녹음테이프로 음악을 듣는 사람이 많았고 친구끼리 테이프를 빌려주거나 선물하기도 했다.

TV 프로그램에서 일할 때는 재미있는 일도 많았지만 예측불허의 삶을 살았다. 잠을 잘 시간이 극도로 부족해서 택시 안에서 쪽잠을 자면서 견딜 때도 많았다. 오랫동안 잠이 부족하다보니 스트레스가 쌓여 견디기 힘들었다. 만성적인 위장병도 생겼다.

TV 예능 프로그램에서 일할 때 MBC 라디오 〈별이 빛나는 밤에〉에서 작가를 구한다는 이야기를 듣고 면접을 봤다. 당시 진행자는 그룹 패닉의 이적 씨였다. 나는 라디오 일을 하기 전부터 패닉의 노래를 좋아했다. 또 이적 씨는 학교는 다르지만 나와 같이 사회학을 전공했기 때문에 읽은 책들이 비슷하고 말도 잘 통해서 좋았다. 라디오 제작국에는 대학 시절 친구 같은 사람들이 있었다. 그런 점들이 내 마음을 사로잡았다. 그때 유희열 씨는 별밤에 고정게스트로 출연하고 있었다. 하루는 원고를 건네주기 위해 스튜디오 문을 여니 얼굴이 하얀 청년이 나를 빤히 쳐다봤다. 유희열 씨였다. 첫인상은 '하얗다'였다. 그 이후 그와 같이 여러 프로그램을 하게 될 줄 당시엔 전혀 몰랐다. 심지어 토이가 뭔지도 모르는 상태였으니까.

1990년대에는 모던락과 브릿팝 계열의 음악을 좋아했다. 비교적 한국 팬이 많은 영국밴드 스웨이드의 노래를 1990년대 말에 내가 작가로 일했던 〈유희열의 음악도시〉에서도 자주 선곡하곤 했다. 그 무렵 만화를 각색해서 드라마로 만든 〈만화열전〉이라는 프로그램의 대본을 쓰면서 음악도 같이 선곡했는데, 내가 좋아하는 팝음악을 많이 선곡할 수 있어서 즐거웠다. 〈장기하의 대단한 라디오〉에서 일할 때는 외국 록음악을 소개하는 코너를 만들었는데, 어쩌다보니 그 코너에 출연까지 하게 되었다. 방송을 통해 희귀한 팝음악을 소개할 수 있어서 기뻤고 좋아하는 록뮤지션 장기하 씨와 록음악을 같이 들으며 이야기하는 것도 즐거웠다. 또 그 무렵에는 SBS TV 프로그램 〈정재형 이효리의 유앤아이〉의 작가로 일하면서 케이팝과 인디음악을 많이 소개할 수 있었다.

라디오작가로 일하는 동안 소원대로 음악을 많이 들었다. 이뿐만 아니라 방송에 출연하며 음악을 소개하기도 했으니까 원하던 것은 다 해본 셈이다.

〈유희열의 라디오 천국〉 첫날 오프닝에는 이런 구절을 썼다.

그래서… 먼 훗날… 우리가 서로 다른 자리에 있더라도…
이 음악들을 들을 때마다…
다시 반짝이는 이 순간들을 기억하길, 바랍니다.

라디오에서 어떤 음악이 흘러나오면 그 음악과 결부된 추억이 떠오른다. 십 년 전에 유행했던 음악을 들으면 십 년 전 있었던 일이 떠오른다. 음악은 우리의 감정을 움직인다. 그래서 음악에 대한 이야기를 원고로 쓰는 것을 좋아한다. 그런 원고를 쓸 때는 내 마음속에 있는 강이 울거나 웃는 것처럼 느껴진다. 그렇게 슬플 수가 없고 또 그렇게 좋을 수가 없다.

음악은 말로 표현할 수 없는 섬세한 감정을 표현하게 해주는 만국공통의 언어이다. 침묵이 흐르는 어색한 공간에서도 음악은 말을 한다. 이사한 첫 날, 휑한 집에 온기를 불어넣고 싶으면 음악을 틀어놓으면 된다.

이야기가 있는 곳,
라디오

——————————— 오랫동안 라디오작가로 일했기 때문에 라디오에 대한 감정이 남다르다. 나는 라디오가 지적인 매체라고 생각한다. 눈으로 보지 않고 귀로 들으며 상상하게 되기 때문이다. 라디오는 일하면서도 들을 수 있다. 많은 수험생과 취업준비생이 라디오를 들으면서 공부한다.

라디오는 사연을 통해 실시간으로 청취자와 소통하는 매체이다. 이것이 얼마나 큰 매력인지, 라디오작가로 일해보지 않은 사람은 알 수 없다. 진행자가 하는 말, 내가 쓴 원고에 대해 실시간으로 응원이 쏟아지고 그것에 대해 이야기를 이어간다. 게다가 내가 만든 프로그램이 청취자들에게 특별한 사랑을 받으면, 청취자들의 지독한 편애가 담긴 사연도 받게 된다.

1990년대 심야 라디오계의 전설이라 불리던 〈유희열의 음악도시〉에 온 사연 중에 전 여자친구에게 전화가 와서 만났더니 정수기 팸플릿을 내밀더라는 이야기가 있었다. 사연의 주인공은 정수기를 사서 집에 설치한 뒤 정수기에서 물방울이 뚝뚝 떨어지는 소리를 들으며 전 여자친구의 낡은 구두 굽을 떠올렸다고 한다.

〈유희열의 라디오 천국〉을 듣던 한 청취자는 외국 유학을 간다는 이유로 헤어졌던 전 남자친구를 광화문 한복판에서 만났다고 했다. 외국으로 유학 간다는 말은 거짓말이었던 것이다. 어떤 청취자는 소개팅을 했는데, 상대 남성이 자리를 옮기자고 해서 카페를 나왔다고 한다. 그런데 사람이 붐비는 거리에서 그 남자가 갑자기 속도를 내더니 인파 속으로 사라졌다고 했다. 그 청취자 분이 "저기요… 저기요…"하고 애달프게 불러보았지만, 그는 돌아보지도 않고 그대로 도망쳤다고 했다. '최악의 소개팅'이라는 주제로 청취자들이 보내온 사연이다. 소개팅 상대가 마음에 안 든다고 작별 인사도 안하고 도심 한복판에서 도망가는 남자의 모습을 상상해보라. 그 장면은 너무 우스꽝스러워서 서글프기도 하다.

청취자들의 삶은 늘 상상을 초월할 정도로 다양했다. 예를 들어 '직업이 무엇인가요?'라는 평범한 질문에 상상 이상의 답변이 도착하곤 했다. '지금 라디오를 어디에서 듣고 있나요?'라는 질문에도 상상할 수 없던 특이한 답변들이 도착했다. 생방송 중에 전화 연결을 하면 자정이 넘는 시간에 동네 팔각정에서 몰래 숨어 있다가 노래를 들려주는 분도 있었다.

또 진행자 유희열 씨와 청취자가 전화로 이야기하고 있을 때, 갑자기 '똑똑' 벽을 두드리는 소리가 전화기 너머로 들려오기도 했다. 고시원에서 통화하던 청취자 분에게 옆방 사람이 시끄럽다고 '똑똑' 벽을 두드린 것이다.

혼자 자취하는 사람들과 편의점에서 밤늦게 일하는 사람, 운전하는 사람, 혼자 있는 모든 사람에게 라디오는 영원한 벗이다. 그들은 지루한 시간을 잊기 위해 라디오를 듣는다. 또는 혼자 있는 느낌을 지우기 위해 라디오를 듣는다. 고독감이 '빈방에 혼자 있을 때 바람 한 줄기가 지나가는 기분'이라면, 라디오는 그 서늘한 바람을 잊게 해준다.

심야 라디오에서 흘러나오는 이야기에 위로받는 이유는 삶이 그만큼 불안하기 때문이다. 쓸쓸하거나 쓸쓸하지 않거나, 내일은 미지의 세계다. '이 밤이 지나고 내일 눈을 뜨면 어떤 일이 생길까?' 이십 대엔 늘 그 생각이 가득했다. 그래서 음악이 삶의 매뉴얼인 것처럼 열심히 들었다. 쓸쓸함을 잊기 위해 헤드폰을 썼고 기억하기 위해 라디오를 들었다.

같은 라디오 프로그램을 듣는 사실이 소속감을 안겨주기도 한다. 〈유희열의 라디오 천국〉 애청자들은 '라천 듣는 사람'이라는 애칭으로 자신의 정체성을 설명했다. 청취자들이 프로그램을 아껴줄 때는 그렇게 고마울 수가 없었다. 많은 열혈 청취자들이 〈유희열의 라디오 천국〉이 문을 닫는다는 뉴스를 접한 뒤에 이별을 아쉬워하는 사연을 여럿 보내주었다. 그들은 〈유희열의 라디오 천국〉이 마치 세상의 유일한 소울메이트라도 되는 것처럼 여겼다. 이렇게 가버리면 자기 인생은 황무지가 되어버린다는 듯이. 마지막 한 달 동안 눈물을 흘리면서 사연 게시판의 글들을 읽었다. 매일 감동의 눈물을 흘리면서 일한 것은 그때가 처음이자 마지막이 아닐까 싶다. 그때 내가 하는 일이 다른 누군가에게 가장 반짝이는 추억이 될 수도 있다는 것을 깨달았다. 인생에서 그것처럼 고마운 일은 없다. 아직도 〈유희열의 라디오 천국〉의 마지막 방송 날의 풍경이 생생하다. 새벽 두 시, 방송이 끝나고 나오자 수많은 청취자가 스튜디오 밖에서 기다리고 있었다. 그들과 헤어져야 하는 그 순간, 하나의 세상이 끝나는 기분이었다.

나는 이전에 낸 책에서 '반짝이는 순간'에 대해 이야기했다. 최근에는 인생을 바라보는 관점이 많이 바뀌었다. 삶은 늘 작은 기적들로 채워져 있다고 생각한다. 우리는 기적을 만나지만 그것을 깨닫지 못할 때도 많다. 기적은 없다며 절망에 빠지는 순간에도 놀라운 삶의 기적이 계속되고 있다는 것을 알게 되었다. 나는 라디오를 통해 청취자들과 함께 기적 같은 순간을 만들어왔다고 생각한다. 여러분이 있어서 행복했다.

글이
말을 걸어오는 순간

──────────── 〈반지의 제왕〉에서 간달프는 이런 명언을 남겼다. "모든 사람은 항상 자기가 결정하지 않은 일을 겪게 된단다. 그럴 때 우리가 할 수 있는 일이란 어떻게 해야 할지를 결정하는 것뿐이지." 내가 결정하지도 않은 일 때문에 삶의 방향을 수정하며 살아온 나로서는 반지의 제왕에 나오는 인물들의 고난이 남의 일처럼 여겨지지 않았다. 프로도가 절대반지를 갖게 되어 왜 자신이 이런 엄청난 모험을 해야 하는지 의아해할 때 내 마음도 아팠다. 나 역시 이십대 시절에 '왜 나는 힘든 길을 가야 하는 걸까?' 하고 생각했기 때문이다.

내가 경험한 대학 시절의 모습은 영화 〈1987〉에 나오는 장면과 흡사했다. 입학하기 전부터 학교는 최루탄 연기로 가득 차 있었다. 그때는 학교 곳곳에 묻어 있는 최루탄 때문에 학교에 들어가고 나올 때마다 눈물이 쏟아졌다. 하루는 캠퍼스 내 작은 나뭇가지에 팔이 스쳤는데, 그 나뭇가지에 묻어 있던 최루탄 가루가 벗겨진 피부 사이로 들어갔다. 그날 저녁부터 팔에 강낭콩보다 더 큰 수포들이 생기고 화상을 입은 것처럼 몹시 아팠다. 징그럽고 끔찍했다.

대학교 1학년 때였다. 다른 대학교에서 연합집회가 있었는데, 2학년 이상 선배들만 참여했다. 그런데 집회에 참여한 선배들이 있는 건물을 경찰이 포위했고, 학생들이 나오는 즉시 체포해 가는 상황이라 선배들 대부분은 건물 안에서 버티고 있었다. 나와 친하던 선배들도 그곳에 있었다. 대학교 2학년 때는 이한열 열사가 최루탄에 맞아 쓰러졌다. 나는 그가 쓰러졌던 시위에 같이 참가했다. 백양로에서 내 앞에 서 있던 학생 한 명이 최루탄에 맞아 사경을 헤매고 있다는 소식을 듣고 느꼈던 분노와 절망감…. 몇 문장으로 표현할 수 없다. 시대의 슬픔은 내 뼛속까지 스며들었다. 1980년대 대학은 공포가 지배했다. 선배나 친구들 일부는 감옥에 다녀왔고 그후에 정신적으로 매우 힘들어했다. 감옥에 가지 않았던 이들도 그 험난한 시절을 거치면서 상처를 많이 받았다. 겨우 스무 살이던 어린 학생들이 감당할 수 있는 일이 아니었다.

이런 저런 스트레스 때문인지, 몸이 심하게 아파서 휴학을 해야 했다. 이십 대 초반 때 일이다. 삼 일 밤을 꼬박 새면서 학교에 있어도 전혀 피곤하지 않던 내가 갑자기 병이 들어 걸을 수조차 없게 되었다. 하루 종일 누워 있었다. 건강하지 못한 상태에 익숙해지는 것이 몹시 힘들었다. 원하지 않던 삶을 살게 되자 몸이 계속 아팠고, 삶의 빛이 영원히 사라진 기분마저 들었다. 그렇게 힘든 대학 시절을 보내면서 M. 스캇 펙 박사의 《아직도 가야 할 길》과 철학, 심리학, 사회학 책을 읽었다. 그리고 이런 생각을 하게 되었다.

'우리는 인생을 통해 무언가를 배우기 위해 이곳에 온다.
인생에 힘든 일이 많다면 그것은 많이 배운다는 뜻이다.
아무 일 없이 지나가는 평탄한 인생은
의미 없이 쉬어가는 인생이다.
나는 이번 생에서 많이 배우기 위해 이런 고난을 선택했다.
고난을 이겨내면 더 나은 나를 만나게 될 것이다.
그것이 진정한 행복이고 내가 원하는 것이다.
그래서 나는 이겨내게 될 것이다.'

극심한 좌절감에 빠져들지 않기 위해 계속 책을 읽었다. 책은 나의 고해성사요, 나의 구원이요, 나의 동반자였다. 그러던 어느 날, 여성 작가가 쓴 포스트모더니즘 소설을 읽다가 벌떡 일어나 앉았다. 그리고 태어나서 처음으로 '나도 글을 써야지'라고 생각했다. 그 순간을 이렇게 표현하고 싶다. '글이 말을 걸어오는 순간'이라고.

〈반지의 제왕: 반지 원정대〉에서 아르웬은 죽어가는 프로도에게 이렇게 말한다. "당신을 구하러 왔어요. 내 목소리를 듣고 빛으로 돌아와요."

글을 써야겠다는 생각이 든 순간,
내 귓가에서 아르웬이 속삭였다.

길을 잃어
만난 것

──────────────── 어쩌다보니 글 쓰는 사람이 되었다. 어릴 때부터 줄곧 가져왔던 의문들, '나는 누구인가?' '나는 왜 나인가?' '너는 왜 너인가?'라는 질문의 답을 찾는 과정에서 만난 길이라고 생각한다. 아주 어릴 때부터 당연하게 여겨지는 것들을 당연하게 여기지 않았다. 세상을 남들과 다르게, 꽤나 독특하게 대했던 것 같다. 세상은 거대한 수수께끼 상자였고 계속 질문들이 생겨났다.

초등학교를 다니던 어느 날 아버지가 직소 퍼즐을 사왔다. 당시엔 퍼즐이 흔치 않던 때여서 설명서도 영어로 되어 있었다. 직소 퍼즐을 처음 봤기 때문에 사용법을 몰랐고 어린 나이라 영어 설명서도 읽을 수 없었다. 그런데 포장을 뜯다가 바닥에 퍼즐 조각들이 한꺼번에 쏟아지고 말았다. 퍼즐이 완성됐을 때 어떤 모습이 되는지 알지 못한 채 조각들을 하나씩 맞춰나갔다. 모서리에 들어가야 하는 조각을 찾아서 끼우고 그후에는 색깔이 자연스럽게 이어지는 조각들을 찾다보니 그림이 점차 완성되었다. 하루 종일 씨름한 끝에 마침내 그 퍼즐이 나폴레옹의 초상화라는 것을 알게 되었다. 그때 나폴레옹의 눈을 보았다!

우리 인생은 바닥에 쏟아진 퍼즐처럼 완성된 모습을 알지 못하는 상태로 시작된다. 아무것도 모른 채 조각을 하나씩 찾아 맞춰나가면서 그림을 완성한다. 아마도 인생의 퍼즐 맞추기는 평생 걸리는 작업일 것이다. 불현듯 삶의 의미를 깨달은 적이 있는가? 지금 느끼는 아픔, 고독, 불안, 두려움, 우울 그리고 즐거움, 기쁨, 환희 등 모든 감정이 모여 만들어낼 그림을 상상해본 적이 있는가?

글을 쓰면서 인생의 의미를 생각해보게 되었다. 글을 쓰며 보람을 느꼈지만 결코 쉽지 않은 일이었다. 글을 쓰다가 종종 나 자신을 억압하던 내면의 괴물을 만나기도 하고 트라우마에 가까운 기억들을 되살리기도 했다. 그럴 때마다 '더 이상 쓰지 말라'는 심리적 저항에 부딪히기도 했다. 저항은 다양한 형태로 나타났다. 이 책을 쓰기 전에도 다른 책을 준비하고 있었는데, 거의 반쯤 써놓고 '이건 영혼이 빠진 책 같아' 하고 글쓰기를 멈췄다. 내가 쓴 원고를 다시 보는 일은 언제나 쉽지 않았다. 그렇기 때문에 몇 년간 상담심리 공부를 한 것은 이 책을 쓰기 위한 준비 작업이었다는 생각마저 든다.

우여곡절 끝에 '지금 이 순간'이 어느 때보다 더 행복하다고 느끼게 되었다. 힘겨운 여행 끝에 글쓰기에서 드디어 만족감을 느낀다. 지금까지 거쳐왔던 내면의 여행이 충분히 깊고 넓었기 때문에 감사하게 되었다.

올리버 색스의 저서 《고맙습니다》에는 감사함에 관한 가장 아름다운 문장이 나온다. "무엇보다 나는 이 아름다운 행성에서 지각 있는 존재이자 생각하는 동물로 살았다. 그것은 그 자체만으로도 엄청난 특권이자 모험이었다." 감사하는 삶은 기나긴 방황 끝에 온다. 길을 잃어보지 않은 사람은 감사의 의미를 충분히 알 수 없다. 그래서 나는 늘 마음이 약한 사람에게 끌렸다.

치유하는
글쓰기

──────────── 우리 내면에는 '나를 사랑하는 자아' 와 '나를 비판하는 자아'가 있다. 어떤 일을 해나갈 때 비판하는 자아의 목소리를 자주 듣는다. "그건 아니야." "너는 지금 실수하고 있어." "그런 식으로 하면 남들이 뭐라고 하겠니?" 비판하는 자아가 영향력을 발휘하면, 글 쓰는 사람은 '뭔가 잘못됐어. 이 글에는 영혼이 없어' 같은 핑계를 대며 작업을 멈추게 된다. 그러다가 다시 쓰기까지 많은 에너지를 소모하며 자신과 싸운다. 그래서 스티븐 킹 같은 유명 작가들조차 작업을 영원히 멈추게 될까 봐 매일 쓴다고 했다.

쓰는 행위는 곧 자신의 과거와 싸우는 일이다. 작가들은 글을 쓰면서 자신의 상처 또는 그 흔적과 싸운다. 그래서 글쓰기는 스스로를 치유하는 일이다. 과거에 글을 쓰며 나는 나를 엄격하게 관찰했다. 쓰는 동안, 쓰고 난 뒤 나는 나를 냉정하게 대했다. 그래서 자신을 세상에서 가장 뛰어난 천재 작가라고 믿으며 글 쓸 때 카타르시스를 느끼는 나르시스트들이 진심으로 부러웠다. 당시에는 나를 비판하는 자아 때문에 글을 쓰는 일이 괴로웠으니까.

> 글을 쓰는 사람들은 내면에 있는 깊은 우물을 만나게 된다.
> 그것을 대면하는 것은 살면서 겪게 되는 가장 힘든 일이다.
> 그래도 조금씩 나아갈 수 있다.
> 그때마다 첫 순간을 떠올린다.
> 내가 왜 글을 쓰게 되었는지,
> 글이 나에게 말을 걸어온 순간을 생각한다.

쉽지 않아도 글을 쓰는 것이 좋았다. 글로 쓰지 않았다면 답답했을 것이다. 글쓰기의 좋은 점은 태어난 이후 경험해온 모든 것, 고민으로 지새운 밤, 애써 삼켰던 눈물, 웃고 싶지 않던 순간에 웃었던 순간, 화를 내고 싶었지만 농담했던 순간, 이 모든 것이 문장으로 다시 태어난다는 것이다.

이 책을 준비하는 동안 극적인 변화가 일어나서 글 쓰는 일을 진심으로 사랑하게 되었다. 나를 비판하던 마음과 두려워하던 마음이 사라지고 그 자리에 기뻐하는 마음이 들어왔다. 그러자 내면의 어둠을 향해 여행할 수 있는 직업을 갖게 된 것에 대해 진심으로 감사하게 되었다. 수십 년에 걸친 전투였다. 이십오 년 동안 적게는 몇 페이지, 많게는 백여 페이지의 글을 매일같이 써왔는데, 이제야 내가 작가가 되었다는 생각이 든다. 이 책의 초고를 완성한 날이 인생에서 가장 기쁜 날이었다. 그날 마음속에선 기쁨의 멜로디가 흘렀고 벅찬 감정 때문에 잠을 잘 수도 없었다.

내가 쓰는 문장 하나마다
수십 년의 피와 땀, 눈물이 담겨 있다.
말하지 못했던 것을 말하게 된다.

글을 쓰게 되어 다행이다.

쓰는 행위는 곧 자신의 과거와 싸우는 일이다.
작가들은 글을 쓰면서
자신의 상처 또는 그 흔적과 싸운다.
그래서 글쓰기는 스스로를 치유하는 일이다.

에필로그

우리의 정원을 자라게 해요

──────────── 어느 날 레너드 번스타인Leonard Bern-

stein의 오페레타 〈캔디드〉를 보게 되었다. 〈캔디드〉의 원작은

프랑스 계몽사상가이자 작가인 볼테르가 쓴 철학 소설 《캉디

드》이다. 번스타인은 왜 《캉디드》를 좋아하냐는 질문에 볼테

르의 지성과 다음의 이유 때문이라고 대답했다. "세상은 가능

한 한 최선의 상태에 있다는 것을 매일 아침 〈뉴욕 타임스〉를

통해 배웠다."

소설의 말미에 "우리의 정원을 가꾸는 것이 지혜로 가는

비결"이라는 표현이 나온다. 번스타인은 오페레타의 피날레

를 원작보다 더 희망적으로 장식했다. "우리의 정원을 자라

게 해요"라는 아름다운 합창을 듣고 있으면 번스타인의 신

념이 무엇인지 짐작할 수 있다. 그는 삶의 고통을 통해 희망

의 무지개를 보는 사람이다.

대학 시절 건강을 잃었을 때, 성실하고 정직하게 살아온 내

가 왜 이런 고통을 당해야 하는지 도무지 이해할 수 없었다.

불행을 받아들일 수 없어서 불행해졌다. 그때부터 글을 써야 겠다고 생각했지만, 작가로서의 삶에는 축복과 시련이 같이 있었다. 아픈 어머니를 간병하고 좋은 곳으로 보내드리면서 삶이라는 여행이 나 자신에게 가는 여정임을 깨달았다. 내 여행은 참된 나를 발견하기 위한 내면으로의 여행이었고, 살아 있는 것의 기쁨을 발견하는 과정이었다. 수많은 가시덤불을 헤쳐오면서 인생에는 의미와 목적이 있다고 믿게 되었다. 그러자 모든 경험과 세상이 던져준 여러 질문을 새로운 시각으로 보게 되었다. 비로소 글 쓰는 것이 즐거운 일임을 알게 되었다.

어릴 때, 어머니가 뒷마당에 정원을 만들었다. 나는 꽃들에게 물을 주는 일을 맡았다. 장난감 플라스틱 양동이로 물을 한 번 퍼다 부었더니, 알록달록한 꽃들이 피어났다. 또다시 물을 부었을 때, 또 꽃이 피어났다. 이것이 바로 기적이 아닐까? 물을 준다고 꽃이 피어나는 현상이 신기하지 않은가?

우리가 할 수 있는 일은 각자의 마음속에 있는 정원을 가꾸는 일이다. 그 정원에서 모든 꽃이 자기 자신의 모습으로 피어날 수 있게 물을 주고 가꾸는 일이다. 즉 자신이 할 수 있는 일, 자신이 좋아하는 일을 꾸준히 해나가는 것이다. 내가 가꾸는 내면의 정원에는 좋아하는 음악도 있고 책과 글쓰기도 있다. 음악을 좋아하는 이유는 아름다움 때문이다. 아름다움을 느끼고 싶었을 뿐 아무것도 원하지 않았다. 그랬더니 가장 힘들고 절망적인 순간에도 음악은 아름다움을 통해 기쁨을 느끼게 해주었다. 그리고 책이 나를 위로했다. 삶은 질문을 만들어냈고 책은 해답을 안겨주었다.

글쓰기는 나에게 구원이다. 이 책을 쓰는 것은 스스로를 치유하는 과정이었다. 앞으로는 책을 더 행복한 마음으로 쓰게 될 것이다. 내가 글을 쓰는 이유는 더 자유로워지기 위해서다. 그리고 당신도. 당신이 가장 힘들고 절망적인 순간에도 누군가는 당신이 행복해지기를 진심으로 원하며 글을 쓴다는 것을 알리기 위해 글을 쓴다.

이 책은 내가 가꿔온 정원의 도록이다.

비록 내 정원이 넘치지 않고 소박하나,
이 정원을 가꾸는 것은 기쁜 일이었다.

참고도서

《한낮의 우울》, 앤드루 솔로몬, 민승남 역, 민음사, 2004

《오리엔트 특급 살인》, 애거사 크리스티, 신영희 역, 황금가지, 2013

《해뜨기 전이 가장 어둡다》, 에밀 시오랑, 김정숙 역, 챕터하우스, 2013

《고맙습니다》, 올리버 색스, 김명남 역, 알마, 2016

《애도 일기》, 롤랑 바르트, 김진영 역, 걷는나무, 2018